O ENTERRO PREMATURO

e Outros Contos do Mestre do Terror

Tradução: Jorge Ritter
Ilustrações: Marco Cena
Apresentação: Caio Riter

2ª edição / Porto Alegre - RS / 2016

Para Ler Edgar Allan Poe
Caio Riter

Ler Edgar Allan Poe exige coragem. Exige, também, uma forte atração por universos densos, repletos de seres cujas existências situam-se na zona fronteiriça entre vida e morte. Não é à toa que o autor norte-americano acabou inscrevendo seu nome como o maior escritor de terror. Um terror, todavia, muito mais psicológico. Um terror que investiga o interior do ser humano e sua capacidade de praticar atos que poderiam ser considerados tortos, terríveis, grotescos, mas que, para aqueles que os executam, tornam-se necessários, vitais. Um terror que, ao mesmo tempo em que inquieta e assusta, seduz e convida à leitura.

Essa é a magia da escrita de Poe: a capacidade de promover o prazer estético a partir do grotesco. Poucos autores atingiram a perfeição ao desvendarem as dores, as frustrações, as loucuras humanas.

Assim, enveredar pelo mundo claustrofóbico de Allan Poe é sempre possibilidade de encontro com criaturas doentes. Homens e mulheres que se descobrem pessoas capazes das maiores atrocidades, como faz o protagonista do conto *Berenice*, em seu fascínio pelo sorriso de dentes claros da prima, cuja doença a aniquila. Todavia, se a morte apresenta-se como dor, maior tragédia se instala quando a mulher retorna para buscar o que lhe foi tirado.

Ler as palavras de Edgar Allan Poe é isso: susto e prazer. Dizem que o escritor – que teve uma infância pouco tranquila, que não se encontrou no amor, que experimentou a dor, que morreu de forma misteriosa – jamais foi feliz. Dizem que sofria de catalepsia, doença em que os sinais vitais desaparecem e tem-se a impressão de que a pessoa está morta. Uma sensação terrível de sufocamento e o medo angustiante de ser enterrado vivo, dizem, fizeram com que Poe desse voz a seu pavor, criando personagens (muitos, muitos mesmo) que são enterrados vivos, são emparedados, ou que, como no conto *O enterro prematuro* (um tratado, aliás, sobre o tema) sofrem de um ataque de catalepsia e experimentam a sensação de serem finitos. Experiência terrível: a terra sobre si, o pouco ar, o desespero de não saber-se ouvido, a angústia de estar vivo, quando todos o julgam morto. Experiência temível: a tentativa de se livrar da prisão do esquife, a falta de força

para empurrar o tanto de terra sobre si, a premonição de um corpo que morrerá (novamente) em breve. E a esperança de salvamento sendo aniquilada pelo esquecimento a que são submetidos os mortos.

Ler as palavras de Poe é compactuar com o sobrenatural. Há, em suas histórias, sempre a possibilidade da dúvida. Aquilo que ocorre com o personagem é projeção de seus desejos ou apenas a presença destruidora do sobrenatural? Em Poe, o fantástico não surge como alívio, como redenção. Ao contrário: ele vem para provocar mais desespero. E, se é solução, apenas aponta para mais e mais medo, como se pode perceber em *O coração delator*. Afinal, aquelas batidas vêm do remorso do protagonista pelo ato hediondo ou vêm do Além, para onde ele enviou o pobre homem dos olhos vazios?

Ler as palavras de Poe é encontro com personagens singulares. Os seres criados, quem sabe, à imagem e semelhança do autor encontram pares apenas na própria literatura de Poe. Há um fado de dor que os aproxima, e isso não se dá meramente pela presença do depoimento dos protagonistas (a maioria dos textos de Poe são em primeira pessoa, o que faz com que o leitor acompanhe, compactue, sinta-se cúmplice dos personagens, à medida que sabe e sente o que lhes vai pela mente e pelo coração), mas, sobretudo, por se sentirem deslocados em relação ao

mundo em que estão inseridos. São seres doentes, cujas ações são determinadas por uma carga de passionalidade que os faz, como em *O gato preto*, ver segundas intenções naqueles que há pouco eram dignos de amor e de carinho, conduzindo à destruição daqueles que os cercam, sejam pessoas ou animais. E, quando a violência invade a rotina da vida, nada mais há a fazer. A não ser deixar-se tomar pelo remorso ou entregar-se nas mãos do horror que o Além é capaz de proporcionar a mentes perturbadas.

Ler as palavras de Edgar Allan Poe é sentir-se invadido pela terrível sensação de ser um prisioneiro. Prisioneiro da prisão urdida pela arquitetura daquele que é hoje, com certeza, o mestre do terror; prisioneiro de um mundo que envolve o leitor em sua teia de penumbra, que mais sugere do que revela.

Mas há outra prisão. Aquela em que os personagens estão inseridos (e não a que nós leitores estamos aprisionados. A nossa, embora provoque angústia, está sujeita à nossa vontade, que pode interromper a leitura, a fim de que o apaziguamento possa vir, ou que pode, ao concluir o conto, o livro, nos encontrar seguros em nossa casa, em um parque ou em qualquer local escolhido para o mergulho no universo massacrante de Poe).

Pois a prisão que angustia os protagonistas é mais terrível, visto que, na maioria das vezes, não oferece alívio. A

dor apenas se intensifica. Exceção, nos contos deste livro, é *O poço e o pêndulo*, conto que tem como pano de fundo a tortura promovida pela Inquisição (raro momento no qual Poe apresenta uma crítica explícita a um fato histórico). Ponha-se no lugar do protagonista (é isso que o autor nos proporciona) e viverá o pânico de lutar contra a morte, preso num calabouço, prestes a ser cortado ao meio por uma enorme lâmina pendurada na ponta de um pêndulo. O que fazer numa situação dessas? Lutar pela vida, embora as possibilidades de fuga sejam quase nulas, ou entregar-se àquilo que se apresenta como inevitável: a morte? Assim, o encarceramento maior não é aquele que cerca o personagem, mas o que brota de sua alma torturada.

Ler as palavras de Allan Poe é inserir-se na cultura, é ousar entregar-se ao prazer que apenas os grandes textos são capazes de proporcionar. O prazer de ver beleza no feio, de ter alento com o terrível, de amar o que é odiento. E os contos de Poe, traduzidos por Jorge Ritter para este livro, são exemplos do melhor da prosa do autor. O que faz de sua leitura algo extremamente prazeroso, inquietante e necessário.

* Caio Riter é escritor e doutor em Literatura Brasileira pela UFRGS.

SUMÁRIO

O Coração Delator
★ 13 † 26

O Gato Preto
★ 27 † 48

Berenice
★ 49 † 68

O Enterro Prematuro
★69 † 99

O Poço e o Pêndulo
★101 † 133

Poe: Vida e Obra
★135 † 140

O CorAção DelatoR

★ 1843

VERDADE! Nervoso – muito – muito, terrivelmente nervoso eu fui e sou; mas por que você diria que estou louco? A doença havia aguçado meus sentidos – não os destruído, não os embotado. Acima de tudo, tornara sensível o sentido da audição. Eu ouvia todas as coisas no céu e na terra. Ouvia muitas coisas no inferno. Como, então, estou louco? Ouça! E observe com quanta lucidez – com quanta calma posso contar-lhe a história inteira.

É impossível dizer como a ideia entrou em meu cérebro pela primeira vez; mas uma vez concebida, ela me assombrava dia e noite. Propósito não havia nenhum. Paixão não havia nenhuma. Eu amava o velho. Ele nunca havia me enganado. Ele nunca havia me afrontado. Por seu

ouro eu não tinha desejo algum. Acho que era seu olho! Sim, era isto! Ele tinha o olho de um abutre – um olho azul pálido, com uma membrana sobre ele. Sempre que ele caía sobre mim, meu sangue esfriava; e assim, passo a passo – muito gradualmente – eu tomei a decisão de tirar a vida do velho e assim me livrar do olho para sempre.

Agora, esta é a questão. Você me imagina louco. Loucos não sabem de nada. Mas você deveria ter-me visto. Você deveria ter visto quão sabiamente – com que cuidado – com que previdência – com que dissimulação pus-me a trabalhar! Eu nunca fora tão gentil com o velho como na semana inteira antes de matá-lo. E todas as noites, em torno da meia-noite, eu virava o trinco da sua porta e a abria – oh, tão suavemente! E então, quando havia feito uma abertura suficiente para minha cabeça, passava para dentro uma lanterna furta-fogo, toda fechada, fechada de maneira que nenhuma luz brilhasse para fora, e então enfiava a cabeça. Oh, você teria rido ao ver quão sagazmente eu a enfiava! Eu a movia lentamente – muito, muito lentamente – de maneira a não incomodar o sono do velho. Eu levava uma hora para colocar minha cabeça inteira tão para dentro da abertura, que podia vê-lo deitado em sua cama. Ah! E um louco teria sido tão esperto assim. E, então, quando minha cabeça estava bem dentro do quarto, eu abria a lanterna de maneira cuidadosa – oh,

de maneira tão cuidadosa – tão cuidadosa (pois as dobradiças rangiam) – eu a abria só o suficiente para que um único raio tênue de luz caísse sobre o olho de abutre. E isso eu fiz por sete longas noites – todas as noites, bem à meia-noite – mas sempre encontrei o olho fechado; e assim fora impossível fazer o trabalho, pois não era o velho que me perturbava, mas seu Olho Maligno. E todas as manhãs, quando o dia raiava, eu entrava audaciosamente no aposento e falava de modo corajoso, chamando-o pelo nome com um tom entusiasmado, e perguntando como ele havia passado a noite. Então, veja você que ele seria um velho muito perspicaz, realmente, para suspeitar que todas as noites, bem à meia-noite, eu o observava enquanto dormia.

Na oitava noite, fui mais cuidadoso que de costume ao abrir a porta. O ponteiro dos minutos de um relógio movia-se mais rápido que minha mão. Nunca antes daquela noite eu sentira a extensão de meus poderes – de minha sagacidade. Eu mal continha meus sentimentos de triunfo. Pensar que lá estava eu, abrindo a porta, pouco a pouco, e ele nem a sonhar a respeito de meus atos ou pensamentos secretos. Eu cheguei a rir da ideia; e talvez ele tenha me ouvido, pois se mexeu na cama de súbito, como se sobressaltado. Agora você poderia pensar que recuei – mas não. Seu quarto estava preto como piche

com a densa escuridão (pois as venezianas estavam bem fechadas devido ao medo de ladrões), de maneira que eu sabia que ele não veria a porta abrindo-se, e eu continuei a empurrá-la devagar, devagar.

Eu tinha minha cabeça dentro, e estava prestes a abrir a lanterna, quando meu dedão escorregou sobre o ferrolho de estanho e o velho levantou-se de um salto, gritando:

– Quem está aí?

Eu me mantive imóvel e não disse nada. Por uma hora inteira não movi um músculo, e, nesse ínterim, não o ouvi deitar-se. Ele ainda estava acordado sobre a cama, escutando; como eu havia feito, noite após noite, ouvindo os besouros agourentos na parede.

Em seguida, ouvi um ligeiro gemido, e eu sabia que era o gemido do terror mortal. Não era um gemido de dor ou pesar – oh, não! – era o som baixo e abafado que emana do fundo da alma quando sobrecarregada de espanto. Eu conhecia bem o som. Muitas noites, bem à meia-noite, quando o mundo todo dormia, ele emanava de meu próprio peito, intensificando, com seu eco pavoroso, os terrores que me perturbavam. Eu digo que o conhecia bem. Eu sabia o que o velho sentia, e sentia pena dele, apesar de rir à socapa em meu coração. Eu sabia que ele estivera deitado, acordado desde o primeiro ligeiro ruído, quando ele havia se virado na cama. Seus temores haviam crescido

desde então. Ele estivera tentando acreditá-los infundados, mas não conseguia. Ele estivera dizendo para si mesmo: – "Não é nada, só o vento na chaminé – é só um camundongo atravessando o assoalho", ou "É somente um grilo que deu um único cricri". Sim, ele estivera tentando confortar-se com estas suposições: mas ele as considerara todas em vão. Todas em vão; pois a Morte, ao aproximar-se, havia assomado diante dele com sua sombra negra, e envolvido sua vítima. E foi a influência lúgubre da sombra despercebida que o fez sentir – embora não visse ou ouvisse – a presença de minha cabeça dentro do quarto.

Quando eu havia esperado um longo tempo, com muita paciência, sem ouvi-lo deitar-se, decidi abrir uma pequena fresta, muito, muito pequena, na lanterna. Então a abri – você não imagina quão furtivamente – furtivamente – até que, por fim, um simples raio indistinto, como o fio da aranha, disparou pela fresta e caiu em cheio sobre o olho de abutre.

Ele estava aberto – bem, bem aberto – e fiquei furioso quando olhei fixamente para ele. Eu o vi com perfeita nitidez – todo de um azul sem brilho, com uma membrana hedionda sobre ele, que enregelava o próprio tutano em meus ossos; mas eu não conseguia ver mais nada do rosto do velho ou sua pessoa, pois havia direcionado o raio como se por instinto, precisamente sobre o maldito ponto.

E não lhe contei que aquilo que você confunde com loucura é apenas uma hipersensibilidade do sentido? Então, como eu dizia, chegou aos meus ouvidos um ruído baixo, indistinto e rápido, como o de um relógio quando envolvido em algodão. Eu conhecia bem aquele som, também. Era a batida do coração do velho. Ela aumentou a minha fúria, como a batida de um tambor estimula o soldado a ser corajoso.

Mas mesmo assim me refreei e permaneci imóvel. Eu mal respirava. Segurei a lanterna sem movimentá-la. Tentei ver quão firmemente eu conseguia manter o raio sobre o olho. Neste ínterim, o tamborilar diabólico do coração aumentou. Tornava-se mais e mais rápido, mais e mais alto, a cada instante. O terror do velho devia ser extremo! Ele batia mais alto, veja bem, mais alto a cada momento que passava! Tenho sua atenção? Já lhe contei que sou nervoso: de fato sou. E agora, a altas horas da noite, em meio ao silêncio pavoroso daquela casa velha, um ruído tão estranho como este me perturbou ao ponto de um terror incontrolável. No entanto, por alguns minutos mais, me refreei e permaneci imóvel. Mas a batida ficou cada vez mais alta, mais alta! Achei que o coração estouraria! A hora do velho havia chegado! Com um brado, escancarei a lanterna e saltei para dentro do quarto. Ele deu um grito estridente – um somente. Em seguida, o

arrastei para o chão e puxei a cama pesada sobre ele. Então, sorri alegremente ao perceber a proeza tão adiantada. Mas, por muitos minutos, o coração seguiu batendo com um ruído amortecido. Isso, entretanto, não me exasperou; ele não seria ouvido através da parede. Por fim, ele cessou. O velho estava morto. Removi a cama e examinei o corpo. Sim, ele estava morto, de todo morto. Coloquei minha mão sobre o coração e a mantive ali por muitos minutos. Não havia pulso. Ele estava de todo morto. Seu olho não me incomodaria mais.

Se você ainda acha que sou louco, você não achará mais isso quando eu descrever as precauções inteligentes que tomei para ocultar o corpo. A noite se aproximava do fim, e trabalhei apressadamente, mas em silêncio. Em primeiro lugar, desmembrei o corpo. Cortei a cabeça, os braços e as pernas.

Então removi três tábuas do assoalho do aposento e depositei tudo entre os caibros. Em seguida recoloquei as madeiras de maneira tão inteligente, tão astuciosa, que nenhum olho humano, nem mesmo o dele, poderia ter detectado algo fora do lugar. Não havia nada a ser lavado – nenhuma mancha de tipo algum – nenhuma marca de sangue de forma alguma. Eu havia sido extremamente cauteloso neste sentido. Uma banheira havia tomado conta de tudo – há, há!

Eram quatro horas quando eu havia terminado esta lida – ainda escuro como a meia-noite. Quando o sino soou a hora, houve uma batida na porta da rua. Desci para abri-la com um coração leve – pois o que eu tinha a temer? Entraram três homens que se apresentaram, com perfeita urbanidade, como oficiais de polícia. Um grito estridente havia sido ouvido por um vizinho durante a noite; a suspeita de um crime havia sido suscitada; a informação havia sido dada na delegacia de polícia, e eles (os policiais) haviam sido incumbidos de fazer uma busca no local.

Eu sorri – pois o que eu tinha a temer? Dei as boas vindas aos cavalheiros. O grito estridente, eu disse, fora meu próprio grito em um sonho. O velho, mencionei, estava ausente, no campo. Levei meus visitantes por toda a casa. Convidei-os a procurarem – procurarem bem. Levei-os, por fim, ao aposento dele. Mostrei-lhes seus tesouros, seguro, imperturbável.

No entusiasmo de minha confiança, trouxe cadeiras para o quarto e pedi que descansassem de seus labores, enquanto eu mesmo, na audácia arrebatada de meu triunfo perfeito, coloquei minha própria cadeira sobre o local preciso em que repousava o corpo da vítima.

Os policiais estavam satisfeitos. Minha conduta os havia convencido. Eu estava peculiarmente à vontade.

Eles se sentaram e, enquanto eu respondia alegremente, eles conversavam sobre assuntos familiares. Mas não demorou muito para sentir que empalidecia e desejar que deixassem a casa. Minha cabeça doía e imaginei ter ouvido um tinido em meus ouvidos; entretanto, eles seguiram ali, conversando. O tinido tornou-se mais distinto – ele continuou e tornou-se mais distinto. Eu falava de modo mais solto para me livrar do sentimento, mas ele continuava e ganhou em definição – até que, por fim, percebi que o ruído não vinha de dentro dos meus ouvidos.

Sem dúvida que neste momento fiquei muito pálido; mas eu falava com mais fluência e com a voz mais alta. No entanto, o som aumentou – e o que eu poderia fazer? Era um som baixo, indistinto, rápido – muito parecido com o som que um relógio faz quando envolvido em algodão. Eu arfava por ar – e, no entanto, os policiais não ouviam nada. Eu falava com mais rapidez – com mais veemência, mas o ruído aumentava de maneira constante. Eu me levantei e discuti a respeito de insignificâncias em um tom alto e com gestos violentos; mas o ruído aumentava de maneira constante. Por que eles não iam embora? Eu caminhava de um lado para o outro, no quarto, com passadas pesadas, como se exaltado até a fúria pelas observações dos homens – mas o ruído aumentava de maneira constante. Oh, Deus! O que eu poderia fazer? Eu espumava

– eu vociferava – eu praguejava! Brandi a cadeira sobre a qual eu estivera sentado e a arrastei sobre as tábuas, mas o ruído sobrepôs-se a tudo e continuou aumentando. Ele ficou mais alto – mais alto – mais alto! E, ainda assim, os homens conversavam agradavelmente e sorriam. Seria possível que eles não estavam ouvindo? Deus Todo-Poderoso! Não, não! Eles ouviam! Eles suspeitavam! Eles sabiam! Eles estavam fazendo troça do meu horror! Nisso eu acreditava e nisso acredito. Mas qualquer coisa era melhor do que essa agonia! Qualquer coisa era mais tolerável do que esse escárnio! Eu não podia mais suportar aqueles sorrisos hipócritas! Eu sentia que precisava gritar ou morrer! E agora – novamente! Ouçam! Mais alto! Mais alto! Mais alto! Mais alto!

– Canalhas! – gritei. – Não dissimulem mais! Eu admito o ato! Arranquem as tábuas! Aqui, aqui! É o batimento de seu coração hediondo!

O Gato Preto

★ 1845

PARA A NARRATIVA bastante extravagante e, no entanto, deveras ordinária que estou prestes a escrever, não espero nem solicito crédito. Louco, de fato, eu seria se o esperasse, em um caso em que mesmo meus sentidos rejeitam seu próprio testemunho. No entanto, louco não sou – e com muita certeza não sonho. Mas amanhã morro, e hoje desoprimo minha alma. Meu propósito imediato é colocar diante do mundo, de maneira franca e sucinta, e sem comentário algum, uma série de meros eventos domésticos. Nas suas consequências, estes eventos aterrorizaram – torturaram – destruíram-me. Para mim, eles representaram nada mais que Horror – para muitos, parecerão menos terríveis que grotescos. Mais adiante, talvez,

algum intelecto possa ser encontrado, que reduzirá meu fantasma ao lugar comum – algum intelecto mais calmo, mais lógico e muito menos excitável que o meu próprio, que perceberá, nas circunstâncias que detalho com terror, nada mais do que uma sucessão ordinária de causas e efeitos muito naturais.

Desde minha infância, eu era conhecido pela docilidade e humanidade de minha índole. Minha ternura de coração chegava a ser tão visível, a ponto de tornar-me a piada de meus companheiros. Eu gostava especialmente de animais, e fui presenteado por meus pais com uma grande variedade de bichos de estimação. Com estes, eu passava a maior parte do meu tempo, e nunca me sentia tão feliz quanto ao alimentá-los e acariciá-los. Esta peculiaridade de caráter cresceu junto comigo e, em minha idade adulta, derivava dela uma de minhas principais fontes de prazer. Para aqueles que nutriram uma afeição por um cão fiel e sagaz, dificilmente preciso passar o trabalho de explicar a natureza ou intensidade da gratificação desta maneira conseguida. Há algo no amor desinteressado e altruísta de um animal que vai diretamente ao coração de quem teve a ocasião frequente de testar a amizade mesquinha e a fidelidade diáfana do simples Homem.

Eu casei cedo e fui feliz em encontrar, em minha esposa, uma disposição não incompatível com a minha.

Observando minha predileção por bichos de estimação domésticos, ela não perdeu oportunidade em obter aqueles do tipo mais dócil. Nós tivemos pássaros, peixes dourados, um belo cão, coelhos, um macaquinho e um gato. Este era um animal extraordinariamente grande e belo, completamente preto e perspicaz a um grau espantoso. Ao falar de sua inteligência, minha esposa, que em seu íntimo não era inclinada à superstição, fazia frequentes alusões à antiga noção popular que julgava serem, todos os gatos pretos, bruxas disfarçadas. Não que ela jamais o houvesse dito a *sério* – e apenas menciono o fato por nenhuma razão melhor que a de ter-me ocorrido à lembrança agora mesmo.

Plutão – este era o nome do gato – era meu bicho de estimação favorito e companheiro. Só eu o alimentava, e ele me acompanhava sempre que eu me deslocava pela casa. Era até com dificuldade que eu conseguia impedi-lo de me seguir pelas ruas.

Nossa amizade durou, desta maneira, por vários anos, durante os quais minha índole e caráter em geral – através da instrumentalidade da Intemperança Diabólica – haviam experimentado (coro em confessar) uma alteração radical para pior. Eu estava ficando, dia a dia, mais mal-humorado, mais irritável, mais descuidado com

os sentimentos dos outros. Permiti-me usar de linguagem imoderada com minha esposa. Por fim, cheguei a agredi-la pessoalmente. Meus bichos de estimação, é claro, obrigatoriamente, sentiram a mudança em minha disposição. Eu não apenas os negligenciava, mas os maltratava. Por Plutão, entretanto, eu ainda guardava consideração suficiente para evitar maltratá-lo, na medida em que não hesitava em maltratar os coelhos, o macaco ou mesmo o cão, quando por acidente ou por afeição, passavam por meu caminho. Mas minha doença cresceu em mim – pois que doença é o Álcool! – e, por fim, mesmo Plutão, que estava agora ficando velho e, consequentemente, de certa forma, rabugento – mesmo Plutão começou a experimentar os efeitos de minha má índole.

Uma noite, retornando para casa, muito intoxicado, de uma de minhas andanças pela cidade, imaginei que o gato evitava minha presença. Eu o peguei; quando, devido a seu medo de minha violência, ele provocou com seus dentes uma pequena ferida em minha mão. A fúria de um demônio possuiu-me no mesmo instante. Eu não mais me reconhecia. Minha alma original, de uma hora para outra, afugentou-se de meu corpo; e uma malevolência mais do que diabólica, nutrida pelo gim, fremiu cada fibra de meu corpo. Tirei de meu colete um canivete, abri-o, agarrei o pobre animal pela garganta e, deliberadamente,

cortei um de seus olhos da órbita! Eu coro, queimo, estremeço, enquanto escrevo a atrocidade abominável.

Quando a razão retornou com a manhã – quando eu havia curado, com o sono, as emanações da devassidão noturna – experimentei um sentimento meio de horror, meio de remorso, pelo crime de que eu fora culpado; mas era, na melhor das hipóteses, um sentimento pusilânime e confuso, e a alma permaneceu intocada. Mais uma vez, mergulhei em excessos, e logo afoguei em vinho toda a memória do ato.

Neste ínterim, o gato recuperou-se lentamente. A órbita do olho perdido apresentava, é verdade, uma aparência terrível, mas ele não parecia mais sofrer de dor alguma. Ele circulava pela casa como sempre, mas, como poderia ser esperado, fugia com terror extremo de minha aproximação. Eu tinha uma porção suficiente de meu velho coração preservada a ponto de primeiro sentir-me contristado por esta evidente aversão por parte de uma criatura que havia me amado tanto um dia. Mas este sentimento logo deu lugar à irritação. E então veio, como se para minha derrocada irrevogável, o espírito da PERVERSIDADE. Deste espírito, não trata a filosofia. Ainda assim, não estou mais certo de que minha alma vive, do que estou de que a perversidade é um dos impulsos primitivos do coração humano – uma das indivisíveis e fundamentais

faculdades ou sentimentos, que dão direção ao caráter do Homem. Quem não se viu, uma centena de vezes, cometendo um ato vil ou disparatado, por nenhuma outra razão que não seja a de que ele sabe que *não* deveria? Não temos uma inclinação perpétua, a despeito do nosso melhor discernimento, de violar o que é a Lei, meramente porque a compreendemos como tal? Este espírito de perversidade, estou dizendo, foi minha derrocada final. Foi o desejo insondável da alma de exasperar-se – de ofertar violência à sua própria natureza – de errar somente em benefício do próprio erro – que me instigou a continuar e, por fim, consumir o ferimento que eu havia infligido sobre o animal inofensivo. Uma manhã, a sangue frio, passei um laço em torno do seu pescoço e o pendurei ao galho de uma árvore; pendurei-o com lágrimas vertendo de meus olhos, e com o mais amargo remorso em meu coração; pendurei-o *porque* eu sabia que ele havia me amado, e porque eu sentia que ele não havia me dado razão alguma para sentir-me afrontado; pendurei-o porque eu sabia que ao fazer isto estaria cometendo um pecado – um pecado mortal, que prejudicaria de tal maneira minha alma imortal a ponto de colocá-la – se é que isto é possível – mesmo além do alcance da piedade infinita do Deus Mais Piedoso e Mais Espantoso.

Na noite do dia em que o ato cruel foi perpetrado, fui acordado do sono pelo grito de fogo. As cortinas

de minha cama estavam em chamas. A casa toda estava queimando. Foi com grande dificuldade que minha esposa, um criado e eu, conseguimos fugir do incêndio. A destruição foi completa. Toda minha riqueza terrena foi tragada e resignei-me, daí por diante, à desesperança.

Eu estou acima da fraqueza de buscar estabelecer uma sequência de causa e efeito, entre o desastre e a atrocidade. Mas estou detalhando uma cadeia de fatos – e não gostaria de deixar nem mesmo um elo possível imperfeito. No dia após o fogo, visitei as ruínas. As paredes, com uma exceção, haviam caído. Esta exceção foi encontrada em uma parede divisória, não muito grossa, que ficava aproximadamente no meio da casa, e contra a qual ficava encostada a cabeceira de minha cama. O reboco havia aqui, em grande medida, resistido à ação do fogo – um fato que atribuí a ele ter sido recentemente aplicado. Em torno desta parede, uma densa multidão se havia reunido, e muitas pessoas pareciam examinar uma porção particular dela com uma atenção ávida e minuciosa. As palavras "estranho!", "singular!" e outras expressões similares, excitaram minha curiosidade. Aproximei-me e vi, como se gravado em baixo relevo sobre a superfície branca, a figura de um *gato* gigantesco. A impressão era dada com precisão verdadeiramente maravilhosa. Havia uma corda em torno do pescoço do animal.

Quando contemplei pela primeira vez esta aparição – pois dificilmente poderia considerá-la menos que isto – meu assombro e terror foram extremos. Mas, por fim, a reflexão veio em minha ajuda. O gato, lembrei, havia sido enforcado em um jardim adjacente à casa. Ao soar o alarme de incêndio, este jardim havia sido tomado de imediato pela multidão – e alguém, em meio a ela, deve ter cortado a corda pela qual o animal pendia da árvore e o lançado, através de uma janela aberta, para dentro de meu quarto. Isso provavelmente foi feito com a intenção de me acordar do sono. A queda das outras paredes havia comprimido a vítima de minha crueldade contra a substância do reboco recém-aplicado; cuja cal, com as chamas e a amônia da carcaça, havia então realizado o retrato como eu o via.

Assim, apesar de haver satisfeito prontamente minha razão, senão inteiramente minha consciência, sobre o fato surpreendente detalhado há pouco, este não falhou em deixar uma profunda impressão em minha mente. Por meses, eu não conseguia me livrar do fantasma do gato; e, durante este período, voltou ao meu espírito um meio sentimento que parecia, mas não era, remorso. Cheguei ao ponto de lamentar a perda do animal e olhar à minha volta, em meio às andanças vis que eu frequentava habitualmente agora, por outro bicho de estimação da mesma

espécie, e de aparência de certa maneira similar, com o qual substitui o seu lugar.

Uma noite, enquanto eu passava o tempo, meio entorpecido, em um antro mais do que infame, minha atenção foi subitamente atraída por um objeto negro, repousando na parte de cima de um dos barris imensos de gim – ou rum, que constituíam os principais móveis do cômodo. Eu estivera olhando fixamente para o topo deste barril por alguns minutos, e o que me causou surpresa neste instante foi o fato de que eu não havia percebido mais cedo o objeto sobre ele. Eu me aproximei dele e o toquei com a mão. Era um gato preto – muito grande – tão grande quanto Plutão, e proximamente parecido com ele em todos os aspectos, a não ser um. Plutão não tinha um pêlo branco sobre nenhuma porção do seu corpo; mas este gato tinha uma mancha grande, embora indefinida, de branco, cobrindo quase toda a região do peito.

Ao tocá-lo, ele imediatamente se levantou e ronronou alto, esfregou-se contra minha mão e pareceu encantado com minha atenção. Esta, então, era precisamente a criatura que eu estivera procurando. Imediatamente ofereci comprá-lo do dono do estabelecimento; mas esta pessoa não o reivindicou para si – não sabia nada dele – nunca o vira antes.

Continuei meus carinhos e, quando me preparei para ir para casa, o animal demonstrou uma disposição de

acompanhar-me. Eu permiti que o fizesse; ocasionalmente abaixando-me e o acariciando enquanto prosseguia. Quando cheguei em casa, ele domesticou-se de imediato, e tornou-se logo um grande favorito de minha esposa.

De minha parte, logo senti uma aversão em relação a ele crescendo em mim. Isso foi simplesmente o inverso do que eu antecipara; mas – não sei como ou porque assim foi – sua afeição evidente por mim repugnava e incomodava mais do que qualquer coisa. Lentamente, estes sentimentos de aversão e incômodo tornaram-se o rancor do ódio. Eu evitava a criatura; certo sentimento de vergonha e a lembrança do meu ato anterior de crueldade impediam que o abusasse fisicamente. Eu não bati nele, ou de outra maneira maltratei violentamente por algumas semanas; mas pouco a pouco – muito pouco a pouco – passei a olhá-lo com um asco indizível e a fugir de sua presença odiosa como da exalação de uma pestilência.

O que aumentava, sem dúvida, meu ódio pelo animal foi a descoberta, na manhã após trazê-lo para casa, que, assim como Plutão, ele também era destituído de um dos seus olhos. Esta circunstância, entretanto, apenas havia granjeado a sua estima para minha esposa, que, como eu já havia dito, possuía em alto grau a humanidade de sentimento que havia sido um dia meu traço característico, e a fonte de muitos dos meus prazeres mais simples e puros.

    Com minha aversão a este gato, entretanto, sua predileção por mim pareceu aumentar. Ele seguia meus passos com uma perseverança que seria difícil de fazer o leitor compreender. Sempre que me sentava, ele agachava-se embaixo de minha cadeira ou saltava sobre meus joelhos, cobrindo-me com suas carícias repugnantes. Se eu me levantava para caminhar, ele se metia em meio a meus pés e desse modo quase me derrubava, ou escalava meu peito prendendo suas garras longas e afiadas em minha roupa Nestes momentos, apesar de desejar destruí-lo com um golpe, eu ainda me continha de fazê-lo, em parte pela memória de meu crime anterior, mas, fundamentalmente – deixe-me confessá-lo de uma vez –, por absoluto *pavor* do animal.

    Este pavor não era exatamente um pavor de uma aflição física – e, no entanto, sinto-me incapaz de defini-lo de outra maneira. Sinto-me quase envergonhado de assumir – sim, mesmo nesta cela para criminosos, sinto-me quase envergonhado de assumir – que o terror e o horror com o qual o animal me inspirava, havia sido aumentado por uma das quimeras mais simples que alguém poderia conceber. Minha esposa havia chamado minha atenção, mais de uma vez, para o caráter da marca de pelo branco, da qual eu havia falado, e que constituía a única diferença visível entre o animal estranho e aquele que eu havia

destruído. O leitor vai se lembrar que esta marca, apesar de grande, havia sido originalmente muito indefinida; mas, lentamente – de maneira quase imperceptível, e que por um longo tempo minha Razão lutou para rejeitar como fantasia – ela havia, por fim, assumido uma rigorosa nitidez de contorno. Ela era agora a representação de um objeto que estremeço em nomear – e por isso, acima de tudo, eu o detestava e temia, e ter-me-ia livrado do monstro se tivesse coragem – ela era agora, eu digo, a imagem de algo hediondo – horripilante – do PATÍBULO! Oh, triste e terrível máquina de Horror e Crime – de Agonia e de Morte!

E agora eu estava realmente desgraçado além da desgraça da mera Humanidade. E *um animal bruto* – cujo companheiro eu havia desdenhosamente destruído – *um animal bruto* induzir-me – a mim, um homem, moldado na imagem do Deus Poderoso – a tamanho infortúnio intolerável! Ai de mim! Nem de dia, nem de noite eu conhecia mais a benção do Descanso! Durante o primeiro, a criatura não me deixava um momento sozinho; e nesta eu acordava sobressaltado de hora em hora de sonhos de terror indizível, para encontrar o hálito quente da coisa sobre meu rosto, e seu vasto peso – um Pesadelo encarnado que eu não tinha forças para expulsar – deitado eternamente sobre meu coração!

Abaixo da pressão de tormentos como estes, o débil vestígio do bem em mim sucumbiu. Pensamentos maus tornaram-se meus amigos íntimos – os pensamentos mais sombrios e diabólicos. O mau humor de minha disposição normal aumentou para o ódio de todas as coisas e de toda a humanidade; enquanto que das explosões de fúria súbitas, frequentes e ingovernáveis, às quais eu me entregava cegamente, minha esposa submissa, ai de mim, era a mais comum e paciente das sofredoras.

Um dia, ela me acompanhava em uma volta pela casa até o porão do prédio velho em que nossa pobreza nos havia obrigado a morar. O gato me seguiu pelos degraus íngremes e, quase me derrubando de ponta-cabeça, exasperou-me até a loucura. Levantando um machado e esquecendo, em minha ira, o temor infantil que havia, até então, segurado minha mão, mirei um golpe no animal que, é claro, teria se provado instantaneamente fatal se ele tivesse saído como eu queria. Mas este golpe foi detido pela mão de minha esposa. Incitado pela interferência a uma ira mais do que demoníaca, retirei minha mão do aperto dela e enterrei o machado em seu cérebro. Ela caiu morta no mesmo lugar, sem um gemido.

O assassinato hediondo consumado, dediquei-me, sem demora e com absoluta deliberação, à tarefa de ocultar o corpo. Eu sabia que não podia removê-lo da casa, seja de

dia ou de noite, sem correr o risco de ser observado pelos vizinhos. Muitos projetos foram considerados em minha mente. Em um momento, pensei em cortar o corpo em fragmentos minúsculos e destruí-los pelo fogo. Em outro, decidi cavar uma cova para ele no chão do porão. Além disso, considerei atirá-lo no poço do jardim e em empacotá-lo em uma caixa, como se fosse uma mercadoria, com as providências habituais, e, assim, conseguir um carregador para tirá-lo da casa. Por fim, cheguei ao que considerei um expediente muito melhor do que qualquer um destes. Decidi emparedá-lo no porão – como consta que os monges na Idade Média emparedavam suas vítimas.

Para uma finalidade como esta, o porão era bem adequado. Suas paredes não eram firmemente construídas, e haviam recentemente sido rebocadas por toda parte com um reboco grosseiro e que a umidade da atmosfera havia impedido de endurecer. Além do mais, em uma das paredes havia uma projeção, causada por uma falsa chaminé, ou lareira, que havia sido preenchida, e feita parecer com o resto do porão. Eu não tinha dúvida de que poderia remover prontamente os tijolos neste ponto, inserir o corpo e reconstruir tudo como antes, de maneira que nenhum olho pudesse detectar algo suspeito.

E no cálculo eu não estava enganado. Com o auxílio de um pé-de-cabra, eu facilmente retirei os tijolos, e, tendo cuidadosamente depositado o corpo contra a parede

interna, escorei-o naquela posição, enquanto, com pouco trabalho, reergui a estrutura inteira como ela estava originalmente. Tendo conseguido argamassa, areia e crina, com toda precaução possível, preparei um reboco que não poderia ser distinguido do antigo e apliquei-o com muito cuidado sobre a nova alvenaria. Quando havia terminado, senti-me satisfeito que tudo estava direito. A parede não aparentava o menor indício de ter sido mexida. O lixo no chão havia sido juntado com o maior cuidado. Olhei à minha volta, de maneira triunfante, e disse a mim mesmo:
– Pelo menos aqui, então, meu trabalho não foi em vão.

Meu próximo passo era procurar pela besta que havia sido a causa de tanta desgraça; pois eu havia, por fim, decidido firmemente acabar com sua vida. Se eu tivesse sido capaz de encontrá-lo naquele momento, não poderia haver dúvida quanto ao seu destino; mas parecia que o animal astuto havia se assustado com a violência de minha ira anterior e evitado apresentar-se diante de meu humor atual. É impossível descrever ou imaginar o sentimento profundo e jubiloso de alívio que a ausência da criatura detestada provocou em meu peito. Ele não fez sua aparição durante a noite e, desse modo, por uma noite, pelo menos, desde sua introdução na casa, dormi de maneira profunda e tranquila; sim, dormi, mesmo com a carga do assassinato sobre minha alma!

O segundo e o terceiro dia passaram, e ainda assim meu atormentador não apareceu. Mais uma vez, respirei como um homem livre. O monstro, em terror, havia fugido do prédio para sempre! Eu não precisaria vê-lo mais! Minha alegria era suprema! A culpa de meu ato sombrio me importunava apenas um pouco. Algumas perguntas haviam sido feitas, mas estas haviam sido prontamente respondidas. Mesmo uma busca havia sido instituída – mas é claro que nada havia sido descoberto. Olhei para minha felicidade futura como se estivesse assegurada.

No quarto dia após o assassinato, um grupo da polícia apareceu de maneira bastante inesperada na casa e procedeu novamente a uma rigorosa investigação do local. Seguro, entretanto, na inescrutabilidade do meu lugar de ocultação, não senti embaraço algum. Os oficiais solicitaram-me que os acompanhasse em sua busca. Eles não deixaram recesso ou canto inexplorado. Por fim, pela terceira ou quarta vez, desceram para o porão. Não estremeci um músculo. Meu coração batia calmamente, como o de uma pessoa que cochila de modo inocente. Eu caminhava de uma extremidade a outra do porão. Cruzei os braços sobre meu peito e perambulei tranquilamente de um lado para o outro. A polícia estava absolutamente satisfeita e preparada para partir. A alegria em meu coração era forte demais para ser refreada. Eu ansiava por dizer ao

menos uma palavra, à guisa de triunfo, e tornar duplamente certa sua convicção de minha inocência.

– Cavalheiros – eu disse, por fim, quando o grupo subia os degraus. – É um prazer ter apaziguado suas suspeitas. Desejo, a todos, saúde e um pouco mais de cortesia. A propósito, cavalheiros, esta é uma casa muito bem construída. (Na vontade cega de dizer algo tranquilamente, eu mal sabia o que havia proferido). – Eu diria que uma casa construída de maneira *excelente*. Estas paredes – vocês estão indo, cavalheiros? – estas paredes foram erguidas solidamente – e neste instante, pelo mero arrebatamento da bravata, bati pesadamente com uma bengala que trazia na mão, sobre aquela mesma porção da alvenaria atrás da qual estava o corpo da esposa de meu afeto.

Mas Deus me proteja e livre das garras do Arquidemônio! Tão logo a reverberação de meus golpes havia caído no silêncio, fui respondido por uma voz de dentro da tumba! Por um choro, primeiro abafado e entrecortado, como o soluço de uma criança, e então, rapidamente intensificando-se em um longo e contínuo grito, absolutamente anômalo e desumano – um uivo – um grito lamurioso, meio de horror e meio de triunfo, como algo que só poderia vir do inferno, conjuntamente das gargantas dos danados na sua agonia e dos demônios que exultam na danação.

De meus próprios pensamentos é insensato falar. Desfalecendo, cambaleei até a parede oposta. Por um instante, o grupo nas escadas permaneceu imóvel devido ao extremo de terror e espanto. No instante seguinte, uma dúzia de braços robustos estava trabalhando na parede. Ela caiu em massa. O corpo, já bastante decomposto e coberto de sangue coagulado, jazia ereto diante dos olhos dos espectadores. Sobre a sua cabeça, com a boca estendida vermelha e o olho incandescente solitário, pousava o animal hediondo cuja astúcia havia me levado ao assassinato, e cuja voz informativa havia me despachado para o verdugo. Eu havia emparedado o monstro dentro da tumba!

BereNice

★ 1835

*Dicebant mihi sodales, si sepulchrum
amicae visitarem, curas meas
aliquantulum fore levatas.*[1]
Ebn Zaiat

A MISÉRIA é múltipla. A desgraça do mundo é multiforme. Estendendo-se para além do amplo horizonte, como o arco-íris, seus matizes são tão variados quanto os matizes daquele arco, tão distintos quanto estes e, no entanto, do mesmo modo, intimamente combinados. Estendendo-se para além do horizonte como o arco-íris!

---
[1] Disseram-me meus amigos que, se visitasse o sepulcro de minha amada, aliviar-se-iam, em certa medida, minhas tribulações. (N. do T.)

Como foi que da beleza extraí um tipo de feiura? Da aliança de paz um símile de tristeza? Mas assim como, em ética, o mal é uma consequência do bem, na realidade, da alegria nasce a tristeza. Ou a memória de uma bem-aventurança passada é a angústia de hoje, ou as agonias que são tiveram sua origem nos êxtases que poderiam ter sido.

Meu nome de batismo é Egeu; aquele de minha família não mencionarei. Entretanto, não existem, na região, torres mais antigas e honradas que minha mansão hereditária, cinzenta e melancólica. Nossa linhagem foi chamada de raça de visionários; e em muitos pormenores surpreendentes – no caráter da mansão da família, nos afrescos do salão principal, nas tapeçarias dos dormitórios, nos entalhes de algumas pilastras da sala de armas, mas, muito especialmente, na galeria de pinturas antigas, no estilo do aposento da biblioteca e, por fim, na natureza muito peculiar do conteúdo da biblioteca – há provas mais do que suficientes para justificar a crença.

As lembranças dos meus primeiros anos estão ligadas àquele aposento e aos seus volumes – a respeito dos quais não me pronunciarei mais. Aqui morreu minha mãe. Neste lugar eu nasci. Mas não passa de uma mera frivolidade dizer que não vivi antes – que a alma não tem uma existência anterior. Você nega isso? Vamos discutir a questão. Convencido que estou, não procuro convencer.

Há, entretanto, uma recordação de formas etéreas – de olhares espirituais e expressivos – de sons musicais, no entanto, tristes – uma recordação que não será excluída; uma memória como uma sombra, vaga, variável, indefinida, instável; e como uma sombra, também, na impossibilidade de livrar-me dela enquanto brilhar o sol de minha razão.

Naquele aposento eu nasci. Despertando, assim, em meio à longa noite daquilo que parecia – mas não era, não existência – e entrando de imediato no reino dos contos de fadas, em um palácio de imaginação e em domínios fantásticos de pensamento e erudição monásticos – não é extraordinário que eu fitasse à minha volta com olhar sobressaltado e ardente – que desperdiçasse minha meninice em livros, e dissipasse minha juventude em devaneios; mas é notável que, à medida que os anos se passaram e o meridiano da idade adulta me encontrou ainda na mansão de meus pais – é incrível a estagnação que se abateu sobre o vigor de minha vida – incrível a inversão total que ocorreu no caráter de meu pensamento mais comum. As realidades do mundo me afetavam como visões, e como visões somente, enquanto que as ideias fantásticas do mundo dos sonhos tornaram-se, por sua vez, não o material da minha existência do dia a dia, mas, de maneira efetiva, inteiramente e exclusivamente esta existência em si.

Berenice e eu éramos primos e crescemos juntos em minha mansão paterna. No entanto, crescemos de maneira diferente – eu mal de saúde e mergulhado em melancolia – ela, ágil, graciosa e transbordando de energia; dela, o passeio pela colina – meus, os estudos do claustro – eu vivendo dentro de meu próprio coração, com corpo e alma viciados na mais intensa e dolorosa meditação – ela perambulando descuidadamente pela vida sem pensar nas sombras em seu caminho ou no silencioso escoar das horas de breu. Berenice! Eu chamo seu nome, Berenice! E, das ruínas cinzentas da memória, mil lembranças tumultuosas são sobressaltadas pelo som! Ah! Sua imagem se mostra vividamente diante de mim agora, como nos primeiros dias da sua alegria e entusiasmo despreocupado! Oh! Beleza deslumbrante, ainda que fantástica! Oh! Sílfide[2] em meio aos arbustos de Arhnheim! Oh! Náiad[3] em meio às suas fontes! E, então – então, tudo é mistério e terror, uma história que não deveria ser contada. Uma doença – uma doença fatal – caiu como um simum sobre seu corpo e, mesmo enquanto a observava pasmo, o espírito da mudança precipitou-se sobre ela, permeando sua mente, seus hábitos e seu caráter e, de uma maneira mais sutil e terrível, perturbando mesmo a identidade da sua

---

[2] Espíritos femininos do ar na mitologia grega. (N. do T.)
[3] Ninfas aquáticas na mitologia grega. (N. do T.)

pessoa! Ai de mim! O destruidor chegou e foi embora, e a vítima – onde estava ela, eu não a conhecia mais – ou não a conhecia mais como Berenice.

Entre a série numerosa de doenças acrescidas por aquela primeira e fatal, que produziram uma revolução de um tipo tão terrível no ser moral e físico de minha prima, pode ser mencionada como a mais angustiante e persistente em sua natureza, uma espécie de epilepsia que terminava de maneira não pouco frequente em um estado cataléptico – um estado cataléptico que se assemelhava muito proximamente da morte absoluta, e do qual o seu modo de recuperação era surpreendentemente abrupto na maioria dos casos. Neste ínterim, a minha própria doença – pois me disseram que eu não deveria chamá-la por nenhuma outra designação – minha própria doença, então, tomou conta rapidamente de mim e assumiu por fim um caráter monomaníaco de uma forma insólita e extraordinária – a cada hora e instante ganhando vigor – e, por fim, obtendo sobre mim a ascendência mais incompreensível. Esta monomania, se devo denominá-la assim, consistia de uma irritabilidade mórbida daquelas propriedades da mente chamadas de atentivas na ciência metafísica. É mais do que provável que eu não seja compreendido; mas eu temo, realmente, que não seja possível de maneira alguma transmitir para a mente do

leitor simplesmente comum, uma ideia adequada daquela intensidade nervosa de interesse com a qual, em meu caso, os poderes de reflexão (para não falar tecnicamente) se ocupavam e entregavam, na contemplação mesmo dos objetos mais ordinários do universo.

Refletir por longas horas infatigáveis, com minha atenção absorta sobre algum dispositivo frívolo à margem ou na topografia de um livro; deixar-me absorver, durante a maior parte de um dia de verão, por uma sombra singular que caía oblíqua sobre a tapeçaria ou sobre a porta; perder-me por uma noite inteira observando a chama imutável de uma lamparina ou as brasas de um fogo; sonhar dias inteiros com o perfume de uma flor; repetir monotonamente alguma palavra comum, até que o som, por meio da repetição frequente, deixasse de transmitir qualquer ideia que fosse para a mente; perder todo sentido de movimento ou existência física através do repouso corporal absoluto e obstinadamente mantido; tais eram algumas das excentricidades mais comuns e menos perniciosas induzidas por uma condição das faculdades mentais não verdadeiramente inigualáveis como um todo, mas certamente desafiando qualquer coisa como uma análise ou explicação.

No entanto, permita-me não ser mal compreendido. A atenção indevida, atenta e mórbida desse modo estimulada por objetos na sua própria natureza frívolos, não deve ser confundida em caráter com aquela propensão

meditativa comum a toda a humanidade, e que, em especial, pessoas de imaginação ardente se deixam entregar. Ela não era, como poderia se supor em um primeiro momento, uma condição extrema ou exagero de tal propensão, mas fundamentalmente e essencialmente distinta e diferente.

Naquele caso, o sonhador ou entusiasta, ao interessar-se por um objeto, que não costuma ser frívolo, sem perceber, perde de vista este objeto em meio a uma vastidão de deduções e sugestões que dali emanam, até que, na conclusão de um devaneio, com frequência repleto de extravagâncias, ele constata que a incitação, ou causa primeira de suas meditações, desapareceu e foi esquecida por completo. Em meu caso, o objeto original era invariavelmente frívolo, apesar de assumir através do meio de minha visão perturbada, uma importância irreal e refratada. Poucas deduções, se qualquer uma, eram feitas; e aquelas poucas pertinazmente retornando sobre o objeto original como um centro. As meditações nunca eram aprazíveis; e, ao término do devaneio, a primeira causa, longe de se haver desvanecido, havia alcançado aquele interesse sobrenaturalmente exagerado que era o traço prevalente da doença. Em uma palavra, as faculdades mentais exercidas de modo mais específico são, em meu caso, como já mencionei as atentivas; e, no caso do fantasista, as especulativas.

Meus livros, nesta época, se não serviram de fato para irritar o transtorno, será percebido que tiveram parte – de maneira abundante – em sua natureza imaginativa e inconsequente, nas qualidades características do transtorno em si. Lembro-me bem, dentre outros, do tratado do nobre italiano Coelius Secundus Curio "de Amplitudine Beati Regni dei"[4]; o grande trabalho de Santo Agostinho, "A Cidade de Deus"; e Tertuliano "de Carne Christi"[5], no qual a frase paradoxal *"Mortuus est Dei filius; credible est quia ineptum est: et sepultus resurrexit; certum est quia impossibile est*[6]" ocupou meu tempo inteiro, durante muitas semanas de investigação laboriosa e infrutífera.

Desta maneira, parecerá que, balançada de seu equilíbrio apenas por questões triviais, minha razão lembrava aquele rochedo do mar citado por Ptolomeu Heféstion[7], que, resistindo firmemente aos ataques da violência humana e à fúria mais bravia das águas e dos ventos, tremia apenas ao toque da flor chamada asfódelo. E apesar de que, para um analista descuidado, poderia parecer algo fora de dúvida, de que a alteração produzida por sua doença infeliz na condição moral de Berenice propiciaria, para mim, muitos objetos para o exercício daquela reflexão intensa

---

[4] Da Amplitude do Abençoado Reino de Deus. (N. do T.)
[5] Da Carne de Cristo. (N. do T.)
[6] Morreu o filho de Deus; é crível por ser tolice; tendo sido sepultado, ele ressuscitou, é certo por ser impossível. (N. do T.)
[7] Mitógrafo grego, século I ou II d.C. (N. do T.)

e anormal, cuja natureza estive passando algum trabalho para explicar. No entanto, este não foi, em grau algum, o caso. Nos intervalos lúcidos de minha enfermidade, sua calamidade realmente me doía e, sentindo-me profundamente afetado pela ruína de sua vida imaculada e virtuosa, não deixei de ponderar, com frequência e amargura, a respeito do meio miraculoso através do qual uma revolução tão estranha tenha se consumado tão subitamente. Mas estas reflexões participavam da idiossincrasia de minha doença, e eram de tal ordem que teriam ocorrido, sob circunstâncias similares, à massa ordinária da humanidade. Fiel ao seu próprio caráter, meu transtorno deleitava-se com as mudanças menos importantes, mas mais surpreendentes, produzidas na constituição física de Berenice – na distorção singular e realmente espantosa da sua identidade pessoal.

Durante os dias mais radiantes da sua beleza incomparável, com toda certeza, eu nunca a amei. Na estranha anomalia de minha existência, sentimentos, comigo, nunca haviam sido do coração, e minhas paixões sempre foram da mente. Através do cinza do começo da manhã, em meio às sombras entrelaçadas da floresta, ao meio-dia, e no silêncio da minha biblioteca, à noite, ela havia adejado diante de meus olhos, e eu a havia visto – não a Berenice de carne e osso, mas a Berenice de um sonho – não como

ser terrestre, material, mas como a abstração de tal ser – não algo a ser admirado, mas analisado – não um objeto de amor, mas o tema das especulações mais profundas, ainda que desconexas. E agora – agora eu tremia em sua presença, e ficava pálido com sua aproximação; entretanto, lamentando sua condição caída e desolada, eu recordei-me de que ela havia me amado ardentemente e, em um momento perverso, falei com ela sobre casamento.

E, finalmente, o período de nossas núpcias aproximava-se, quando, em uma tarde de inverno daquele ano – um daqueles dias de calor fora de época, parados e nevoentos, que são as amas da bela Alcíone[8] – eu estava sentado (e julgava estar sozinho) no gabinete retirado da biblioteca. Mas, ao erguer olhos, vi que Berenice estava diante de mim.

Seria a minha própria imaginação agitada – ou a influência enevoada da atmosfera – ou a penumbra incerta do aposento – ou a fazenda cinzenta que caía em torno da sua figura – que causava um perfil tão vacilante e indistinto? Eu não poderia dizer. Ela não falou uma palavra. Eu, por nada neste mundo, poderia ter pronunciado uma sílaba. Um calafrio gelado percorreu meu corpo;

---

[8] Já que Júpiter, durante o inverno, proporciona duas vezes sete dias de calor, os homens chamaram este tempo clemente e temperado de a ama da bela Alcíone – Simônides. (N. do A.)

um sentimento de ansiedade intolerável me oprimia; uma curiosidade devoradora permeava a minha alma; e afundando de volta na cadeira, permaneci por algum tempo sem fôlego e imóvel, meus olhos absortos na sua pessoa. Ai de mim! Seu definhamento era excessivo, e nem um traço da sua pessoa anterior ocultava-se em nenhuma linha do seu perfil. Meus olhares veementes por fim caíram em seu rosto.

A testa era alta e muito pálida, e singularmente tranquila; e o cabelo, que um dia fora abundante, caía parcialmente sobre ela, eclipsando as têmporas encovadas com inúmeros anéis, agora, de um amarelo vívido, e destoando retumbantemente, no seu caráter fantástico, da melancolia reinante da fisionomia. Os olhos sem vida nem brilho aparentavam não ter pupilas, e me encolhi involuntariamente do olhar vítreo para contemplar os lábios finos e retraídos. Eles separaram-se; e, em um sorriso de significado peculiar, os dentes da Berenice mudada descortinaram-se lentamente para minha visão. Que Deus nunca tivesse me deixado contemplá-los, ou, se o fizesse – que eu tivesse morrido!

O fechamento de uma porta perturbou-me, e, olhando para cima, percebi que minha prima havia deixado o aposento. Mas do aposento desordenado de meu cérebro – ai de mim! – ela não havia partido, e o espectro branco

e horripilante dos seus dentes não seria afugentado. Nem uma mancha sobre a sua superfície – nem uma sombra no seu esmalte – nem um entalhe nas suas bordas – mas como aquele período do seu sorriso havia bastado para marcá-lo em minha memória. Eu os via agora mais inequivocamente do que quando os vira então. Os dentes – os dentes! – eles estavam aqui e ali, e em todos os lugares, e de maneira visível e palpável diante de mim; longos, estreitos e excessivamente brancos, com lábios pálidos contorcendo-se em torno deles, como se no próprio momento do seu primeiro terrível desenvolvimento.

Então, assaltou-me a fúria total de minha monomania, e lutei em vão contra sua influência estranha e irresistível. Em meio aos múltiplos objetos do mundo exterior, eu não tinha pensamento algum, a não ser os dentes. Por estes eu ansiava com um desejo arrebatado. Todas as questões e todos os diferentes interesses tornaram-se absortos, unicamente, em sua contemplação. Eles – somente eles existiam para o olhar mental, e eles, na sua individualidade exclusiva, tornaram-se a essência de minha vida mental. Eu os considerava sob todas as luzes. Eu os girava sob todos os pontos de vista. Eu inspecionava suas características. Eu considerava suas peculiaridades. Eu ponderava sobre sua conformação. Eu meditava sobre a alteração em sua natureza. Estremecia ao atribuir-lhes,

na imaginação, um poder sensitivo e, mesmo quando não eram auxiliados pelos lábios, uma capacidade de expressão moral. De Mad'selle Salle foi bem dito que, "*que tous ses pas etaient des sentiments*"[9], e de Berenice eu acreditava, mais seriamente, "*que toutes ses dents etaient des idees. Des idees!*"[10] Ah, aqui estava o pensamento idiótico que me destruiu! *Des idees!* Ah, então era por isso que eu os cobiçava tão loucamente! Sentia que somente sua posse poderia recuperar-me a paz, trazendo-me de volta à razão.

E a noite caiu sobre mim, e assim e então a escuridão veio, e demorou-se, e se foi – e o dia amanheceu novamente – e a bruma de uma segunda noite estava agora se juntando – e eu ainda seguia sentado, imóvel, naquele quarto solitário; e eu ainda seguia mergulhado em meditação, e ainda o fantasma dos dentes mantinha sua ascendência terrível como – com a mais vívida e hedionda distinção – se flutuasse de um lado para o outro em meio às luzes e sombras inconstantes do aposento. Por fim, irrompeu, em meus sonhos, um grito, como se de horror e consternação; e a esse lugar, após uma pausa, sucedeu-se o som de vozes perturbadas, entremeadas com muitos lamentos de tristeza ou dor. Levantei-me de meu assento e, escancarando uma das portas da biblioteca, vi, parada na antecâmara,

---

[9] Que todos os seus passos eram sentimentos" (N. do T.)
[10] Que todos os seus dentes eram ideias. As deias!" (N. do T.)

uma criada, tomada de lágrimas, que me disse que a Berenice estava – não existia mais. Ela havia tido um ataque epiléptico no início da manhã, e agora, no cair da noite, a cova estava pronta para sua inquilina, e todas as preparações para o enterro estavam completas.

Eu me vi sentado na biblioteca, e, mais uma vez, sentado ali, sozinho. Parecia que eu havia acordado há pouco de um sonho confuso e perturbador. Eu sabia que agora era meia-noite, e estava plenamente consciente que, desde o pôr do sol, Berenice havia sido enterrada. Mas, daquele período triste que se interpôs, eu não tinha uma compreensão clara, ou pelo menos definitiva. No entanto, sua memória era repleta de horror – um horror mais horrível por ser vago, e terror mais terrível de sua ambiguidade. Era uma página temível no registro de minha existência, toda escrita com lembranças sombrias, hediondas e ininteligíveis. Lutei para decifrá-las, mas em vão; enquanto que, vez por outra, como a essência de um som que morreu, o grito estridente e penetrante de uma voz feminina parecia ressoar em meus ouvidos. Eu havia feito algo – o que fora? – perguntava a mim mesmo, em voz alta, e os ecos sussurrantes do aposento respondiam-me, "o que fora?".

Sobre a mesa ao meu lado, queimava uma lamparina, e próximo a ela havia uma pequena caixa. Ela não

era de nenhum caráter extraordinário, e já a tinha visto antes, com frequência, pois era de propriedade do médico da família; mas como ela havia chegado ali, sobre minha mesa e por que eu estremecia ao observá-la? Não havia como explicar estas coisas, e meus olhos por fim caíram sobre as páginas abertas de um livro, e sobre uma frase ali sublinhada. Eram as palavras singulares, mas simples, do poeta Ebn Zaiat, "*Dicebant mihi sodales si sepulchrum amicae visitarem, curas meas aliquantulum fore levatas*"[11]. Por que, então, enquanto as examinava, meus cabelos ficavam em pé, e o sangue de meu corpo coagulava-se em minhas veias?

Houve uma batida leve na porta da biblioteca e, pálido como o inquilino de uma tumba, um criado entrou na ponta dos pés. Aparentava estar fora de si de terror, e se dirigiu a mim em um tom de voz baixo, trêmulo e rouco. O que foi que ele disse? Ouvi algumas frases entrecortadas. Ele me contou de um grito desvairado perturbando o silêncio da noite – da reunião das pessoas da casa – de uma busca na direção do som; e então seu tom tornou-se arrebatadoramente distinto quando me sussurrou de uma cova violada – de um corpo desfigurado e amortalhado, no entanto, ainda respirando, ainda palpitando, ainda vivo!

---

[11] Ver nota 1 (N. do T.)

    Ele apontou para os trajes – estavam enlameados e manchados de sangue coagulado. Não falei nada, e ele tomou gentilmente minha mão – ela trazia as marcas de unhas humanas. Ele dirigiu minha atenção para algum objeto junto à parede. Olhei para ele por alguns minutos, era uma pá. Com um grito estridente, lancei-me em direção à mesa e agarrei a caixa que estava sobre ela. Mas não consegui abri-la à força, e, em meu tremor, ela escorregou de minhas mãos e caiu pesadamente, partindo-se em pedaços; e dela, com um ruído chocalhante, rolaram para fora alguns instrumentos de cirurgia dentária, misturados com trinta e dois objetos pequenos e brancos como marfim, que se espalharam, aqui e ali, pelo piso.

O Enterro
PremAturo

★ 1850

HÁ DETERMINADOS temas a respeito dos quais o interesse é empolgante, mas que são demasiadamente terríveis para servirem à autêntica ficção. Destes, o mero escritor romântico deve se abster, se ele não quiser ofender ou repugnar. Eles são abordados com correção apenas quando o rigor e a severidade da Verdade os santificam e lhes dão suporte. Nós vibramos, por exemplo, com a mais intensa "dor prazerosa" com os relatos da Travessia do Beresina[12], do Terremoto em Lisboa[13], da Peste em

---

[12] O exército de Napoleão sofreu perdas numerosas quando atravessou este rio, na sua retirada da Rússia, em 1812. (N. do T.)
[13] Em 1755, Lisboa sofreu um dos terremotos mais destrutivos da história, seguido por um tsunami e fogo, que destruíram praticamente a cidade inteira, com dezenas de milhares de vítimas. (N. do T.)
[14] Epidemia de peste bubônica que ocorreu na Inglaterra (1665-1666), vitimando entre 75.000 e 100.000 pessoas. (N. do T.)

Londres[14], do Massacre de São Bartolomeu[15] ou a asfixia dos cento e vinte e três prisioneiros no Buraco Negro em Calcutá.[16] Mas nestes relatos, é o fato – é a realidade – é a história que emociona. Como invenções, deveríamos vê-los com verdadeiro asco.

Eu mencionei algumas das calamidades mais proeminentes e grandiosas de que se têm notícia; mas, nestas, é a dimensão, nem tanto o caráter da calamidade, que impressiona de maneira tão vívida a imaginação. Não preciso lembrar o leitor de que, do longo e estranho catálogo de misérias humanas, eu poderia ter selecionado muitos casos individuais mais repletos de sofrimento absoluto do que qualquer uma dessas vastas generalidades de desastre. A verdadeira desgraça, realmente – o infortúnio definitivo – é particular, não disseminado. Que os extremos horripilantes da agonia sejam suportados pelo homem, a unidade, nunca pelo homem, a massa – por isso, devemos agradecer a um Deus misericordioso!

Ser enterrado vivo é, sem dúvida alguma, o mais terrível destes extremos que já incidiram à fortuna da mera mortalidade. Que isso tenha ocorrido frequentemente,

---

[15] Onda de violência opondo católicos e protestantes franceses, em 24 de agosto de 1572. Estima-se que 70.000 pessoas tenham morrido no evento. (N. do T.)
[16] Masmorra usada por tropas hindus para encarcerar prisioneiros de guerra ingleses, em 1756. Muitos prisioneiros morreram devido às condições desumanas do local. (N. do T.)

muito frequentemente, dificilmente será negado por aqueles que pensarem a respeito. As fronteiras que dividem a Vida da Morte são, na melhor das hipóteses, obscuras e indistintas. Quem vai dizer onde uma termina e onde começa a outra? Nós sabemos que existem doenças em que ocorrem a cessação total de todas as funções aparentes de vitalidade e, no entanto, em que esta cessação é meramente suspensão, para ser preciso. Elas são apenas pausas temporárias no mecanismo incompreensível. Determinado período transcorre, e algum princípio misterioso e invisível põe outra vez em movimento as prodigiosas engrenagens e as rodas encantadas. Não se rompeu para sempre o cordão de prata, tampouco se despedaçou de modo irreparável a lâmpada de ouro. Mas onde, neste ínterim, esteve a alma?

À parte, entretanto, da conclusão inevitável a *priori* de que causas como estas devam produzir efeitos como estes – de que a bem conhecida ocorrência de tais casos de animação interrompida devam causar, naturalmente, de vez em quando, sepultamentos prematuros – à parte desta consideração, nós temos o testemunho direto da experiência médica e ordinária para provar que um vasto número de sepultamentos desta natureza realmente ocorreu. Eu poderia citar de imediato, se necessário, uma centena de casos bem documentados. Um deles, de caráter bastante

extraordinário, e a respeito do qual as circunstâncias podem estar frescas na memória de alguns dos meus leitores, ocorreu, não faz muito tempo, na cidade vizinha de Baltimore, onde provocou um alvoroço enorme, doloroso e intenso. A esposa de um dos mais respeitáveis cidadãos – um eminente advogado e membro do Congresso – foi acometida por uma doença repentina e inexplicável, que desconcertou completamente a habilidade dos médicos. Após muito sofrimento, ela morreu, ou presumiram que morreu. Ninguém suspeitou, na verdade, nem tinha razão para suspeitar, que ela não estava realmente morta. Ela apresentava todas as aparências ordinárias da morte. O rosto assumiu os costumeiros traços murchos e encovados. Os lábios traziam a lividez marmórea habitual. Os olhos não tinham brilho. Não havia calor. O pulso havia cessado. Por três dias o corpo foi mantido sem ser enterrado, tempo durante o qual ele adquiriu a rigidez de uma pedra. O funeral, em resumo, foi providenciado às pressas devido ao rápido avanço do que se supunha ser a decomposição.

A dama foi colocada na câmara mortuária da sua família, a qual, pelos três anos subsequentes, não foi mexida. Ao término deste período, ela foi aberta para a recepção de um sarcófago – mas, ai de mim! Que choque pavoroso esperava o marido que abriu pessoalmente a porta! Quando seus portais se escancaram para fora, uma

espécie de objeto trajado de branco caiu chacoalhando em seus braços. Era o esqueleto da sua esposa em sua mortalha que ainda não fora tomada pelo mofo.

Uma investigação cuidadosa deixou evidente que ela havia despertado dois dias após o sepultamento; que sua luta dentro do caixão o havia feito cair de uma saliência ou estante para o chão, onde ele ficou de tal maneira quebrado, que permitiu a sua fuga. Uma lamparina, que havia sido deixada acidentalmente cheia de óleo dentro da tumba, foi encontrada vazia; entretanto, ela pode ter sido exaurida pela evaporação. No último dos degraus que desciam para a câmara pavorosa havia um grande fragmento do caixão, com o qual, pelo visto, ela havia se empenhado em chamar a atenção batendo na porta de ferro. Enquanto se ocupava com esta atividade, ela provavelmente desfaleceu, ou, possivelmente, morreu de puro terror; e, ao esgotar-se, sua mortalha ficou presa em algum artigo de ferro que se projetava interiormente. Desse modo ela permaneceu, e assim apodreceu, ereta.

No ano de 1810, um caso de inumação viva aconteceu na França, acompanhado de circunstâncias que vão longe para comprovar a afirmação de que a verdade é, realmente, mais estranha que a ficção. A heroína da história era a Mademoiselle Victorine Lafourcade, uma jovem de família ilustre, rica e possuidora de grande beleza pessoal.

Entre seus numerosos pretendentes estava Julien Bossuet, um literato pobre ou jornalista de Paris. Seus talentos ou simpatia em geral o haviam recomendado à atenção da herdeira, que parecia realmente gostar dele; mas seu orgulho de nascença a fez decidir-se, enfim, por rejeitá-lo, para casar-se com um Monsieur Renelle, um banqueiro e diplomata de alguma eminência. Após o casamento, entretanto, este cavalheiro a negligenciou, e, talvez, até mais expressamente, a maltratou. Tendo passado com ele alguns anos infelizes, ela morreu – pelo menos sua condição lembrava de modo tão próximo, a morte, a ponto de enganar qualquer um que a viu. Victorine foi enterrada – não em uma câmara mortuária, mas em uma cova comum no vilarejo em que nasceu. Tomado pelo desespero, e ainda apaixonado pela memória de um vínculo profundo, o amante viajou da capital para a província remota na qual se encontra o vilarejo, com a finalidade romântica de desenterrar o corpo e tomar posse das suas madeixas viçosas. Bossuet chega à cova e à meia-noite ele desenterra o caixão, o abre e está no ato de cortar fora o cabelo, quando é detido pela abertura dos olhos amados. Na realidade, a dama havia sido enterrada viva. A vitalidade não a havia deixado completamente, e Victorine foi despertada da letargia que havia sido confundida com a morte pelos carinhos do seu amante. Bossuet a carregou freneticamente

para sua pousada no vilarejo, e empregou determinados revigorantes poderosos sugeridos por um aprendizado médico considerável. Em suma, ela voltou à vida. Victorine reconheceu seu protetor e permaneceu com ele até, aos poucos, recuperar completamente sua saúde original. O seu coração de mulher não era impenetrável, e esta última lição de amor foi suficiente para comovê-lo. Ela presenteou-o a Bossuet. Victorine não voltou mais para seu marido e, escondendo dele sua ressurreição, fugiu com o amante para a América. Vinte anos depois, os dois retornaram para a França, na crença de que o tempo havia alterado de tal maneira a aparência da dama, que seus amigos seriam incapazes de reconhecê-la. Entretanto, eles estavam equivocados, pois no primeiro encontro, Monsieur Renelle, na verdade, reconheceu-a e exigiu seus direitos de esposo. Victorine resistiu a esta demanda e um tribunal judicial a apoiou em sua resistência, decidindo que as circunstâncias peculiares, juntamente com o longo lapso de anos, haviam extinto, não apenas de maneira justa, mas também legal, a autoridade do marido.

O *Chirurgical Journal*, de Leipzig – um periódico de alto mérito e autoridade, que algum livreiro americano faria bem em traduzir e republicar –, registra, em um número recente, um evento bastante perturbador do atributo em questão.

Um oficial de artilharia, um homem de estatura gigantesca e saúde robusta, ao ser jogado de um cavalo indócil, sofreu uma contusão severa na cabeça que o deixou imediatamente insensível; o crânio foi ligeiramente fraturado, mas não se receou nenhum perigo imediato. A trepanação foi realizada com sucesso. Ele foi sangrado e muitas outras formas de lenitivos comuns foram adotadas. Gradualmente, entretanto, o oficial caiu em um estado de letargia cada dia mais irremediável e, por fim, achou-se que ele morrera.

O tempo estava quente, e ele foi enterrado com uma pressa indecente em um dos cemitérios públicos. Seu funeral ocorreu na quinta-feira. No domingo seguinte, o espaço do cemitério estava, como sempre, tomado de visitantes, e, em torno do meio-dia, um alvoroço intenso foi criado pela declaração de um camponês que, enquanto estava sentado sobre o túmulo do oficial, havia sentido de modo distinto uma agitação da terra, como se provocada por alguém lutando abaixo. Em um primeiro momento, pouca atenção foi dada à afirmação do homem; mas seu evidente terror e a obstinação atormentada com a qual ele persistiu na sua história, por fim exerceram seu efeito natural sobre a multidão. Pás foram arranjadas apressadamente e a cova, que era vergonhosamente rasa, em poucos minutos estava tão aberta que a cabeça do seu

ocupante aparecia. Ele dava a impressão, então, de estar morto, mas estava sentado praticamente ereto no seu caixão, cuja tampa, nos seus esforços furiosos, ele havia levantado parcialmente.

O oficial foi imediatamente transportado para o hospital mais próximo, e lá, declarado como ainda vivo, apesar de que em uma condição de asfixia. Após algumas horas, ele recobrou os sentidos, reconheceu indivíduos conhecidos e, em frases entrecortadas, falou de suas agonias na cova.

A partir do seu relato, ficou claro que o oficial devia ter consciência de estar vivo por mais de uma hora, enquanto inumado, antes de cair na inconsciência. A cova havia sido coberta de modo descuidado e negligente com um solo excessivamente poroso; e assim, algum ar foi necessariamente deixado entrar. Ele ouviu os passos da multidão acima e esforçou-se por sua vez para se fazer ouvir. Foi o tumulto no terreno do cemitério, disse ele, que parece tê-lo acordado de um sono profundo, mas, no mesmo instante em que despertou, o oficial tornou-se absolutamente consciente dos horrores terríveis da sua situação.

Consta em registro que este paciente estava indo bem e parecia estar a bom caminho de uma recuperação definitiva, mas foi vítima do charlatanismo do experimento médico. A bateria galvânica foi aplicada, e ele

subitamente expirou em um destes paroxismos extáticos que, vez por outra, ela superinduz.

A menção da bateria galvânica, todavia, traz à minha memória um exemplo bem conhecido e realmente extraordinário, onde esta ação provou ser o meio de restabelecer o vigor de um jovem advogado de Londres, que estivera enterrado por dois dias. Isso ocorreu em 1831 e criou, na época, uma sensação muito profunda, sempre que o assunto vinha à tona em uma conversa.

O paciente, Sr. Edward Stapleton, havia morrido aparentemente de febre tifoide, acompanhada por alguns sintomas anômalos, que haviam despertado a curiosidade dos médicos que o atendiam. Com sua morte aparente, foi pedido a seus amigos que permitissem um exame *postmortem*, mas eles o negaram. Como acontece seguidamente, quando tais recusas são feitas, os profissionais decidiram desenterrar o corpo e dissecá-lo a seu *bel-prazer*, em privado. As providências foram facilmente arranjadas com alguns dos inúmeros bandos de sequestradores de corpos com os quais Londres está infestada e, na terceira noite após o funeral, o suposto corpo foi desenterrado de uma cova de três metros de profundidade e depositado na câmara de dissecação de um dos hospitais privados.

Uma incisão de determinada extensão já havia sido feita no abdômen, quando a aparência fresca e não decomposta do indivíduo sugeriu uma aplicação da bateria.

Um experimento sucedeu-se ao outro, e os efeitos costumeiros sobrevieram-se, com nada que pudesse caracterizá-los de maneira alguma, exceto, em uma ou duas ocasiões, com um grau mais do que ordinário de parecença com a vida na ação convulsiva.

Ficou tarde. O dia estava para amanhecer e achou-se oportuno, por fim, proceder de uma vez por todas com a dissecação. Um estudante, entretanto, estava especialmente desejoso de testar uma teoria sua e insistiu em aplicar a bateria em um dos músculos peitorais. Um talho grosseiro foi feito e um fio apressadamente colocado em contato, quando o paciente, com um movimento açodado, mas bastante controlado, se levantou da mesa, postou-se de pé no meio do chão, olhou pasmo à sua volta de maneira apreensiva por alguns segundos, e então falou. O que ele disse foi ininteligível, mas palavras foram pronunciadas; a silabação era clara. Tendo falado, caiu pesadamente no chão.

Por alguns momentos, todos ficaram paralisados de espanto – mas a urgência do caso logo lhes restabeleceu a presença de espírito. Ficou claro que o Sr. Stapleton estava vivo, mas em uma síncope. Com o oferecimento de éter, ele reanimou-se e foi logo restabelecido para sua saúde e para a sociedade de seus amigos – de quem, entretanto, todo conhecimento de sua ressurreição foi negado, até

que uma recidiva não fosse mais temida. Seu assombro – seu espanto extasiado – pode ser compreendido.

A peculiaridade mais sensacional deste incidente, todavia, diz respeito ao que o Sr. S. afirma. Ele declara que em período algum estava totalmente insensível – que, de modo confuso e letárgico, ele estava consciente de tudo que lhe acontecera, do momento que ele fora pronunciado morto por seus médicos, ao que ele caíra desfalecido no chão do hospital. "Eu estou vivo", foram as palavras incompreendidas, ao reconhecer o local da sala de dissecação, que ele havia se empenhado, no extremo da sua aflição, em pronunciar.

Seria uma tarefa fácil multiplicar este tipo de histórias – mas me abstenho – pois, realmente, nós não temos esta necessidade de estabelecer o fato de que enterros prematuros ocorrem. Quando refletimos quão muito raramente, dada a natureza dos casos, temos em nosso poder como detectá-los, nós precisamos admitir que eles podem ocorrer frequentemente sem nosso conhecimento. Raramente, de fato, um cemitério é violado, com qualquer propósito e por qualquer maior extensão, sem que esqueletos sejam encontrados em posturas que sugerem as suspeitas mais temíveis. Terrível, realmente, a suspeita – mas, mais terrível, o destino! Pode ser asseverado, sem hesitação, que nenhum evento é tão espantosamente bem adaptado

para inspirar o grau supremo de sofrimento corpóreo e mental, como o enterro antes da morte. A opressão insuportável dos pulmões – as emanações asfixiantes da terra úmida – o apego aos trajes da morte – o abraço rígido da morada estreita – o negrume da Noite absoluta – o silêncio como um mar que toma conta – a presença invisível, mas palpável do Verme Conquistador – essas coisas, com os pensamentos sobre o ar e grama acima, com a lembrança de amigos queridos que voariam para nos salvar se fossem informados do nosso destino, e com a consciência de que sobre este destino eles nunca podem ser informados – de que a nossa porção de desesperança é das pessoas realmente mortas – estas considerações, eu diria, levam ao coração, que ainda palpita, um grau de horror estarrecedor e intolerável, do qual a imaginação mais intrépida tem de recuar. Não conhecemos nada tão angustiante sobre a Terra – não conseguimos sonhar com nada tão hediondo nos domínios do Inferno mais profundo. E, desse modo, todas as narrativas sobre este tópico geram um interesse intenso; um interesse que, isso não obstante, devido à admiração reverente exercida pelo tópico em si, de modo muito apropriado e peculiar, depende de nossa convicção a respeito da verdade do caso narrado. O que eu tenho a contar agora é de meu próprio e verdadeiro conhecimento – de minha própria experiência positiva e pessoal.

Por vários anos, fui acometido de ataques de um transtorno extraordinário que os médicos concordaram em denominar catalepsia, na ausência de um título mais definitivo. Apesar de ambas as causas imediatas e de predisposição, e mesmo o diagnóstico real da doença ainda serem misteriosos, seu caráter óbvio e manifesto é suficientemente bem compreendido. Suas variações parecem ser, sobretudo, de grau. Às vezes, o paciente permanece por um dia apenas, ou mesmo por um período mais curto, em uma espécie de letargia exagerada. Ele está insensível e externamente imóvel; mas a pulsação do coração ainda é ligeiramente perceptível; alguns traços de calor permanecem; uma cor superficial persiste no centro da face; e, com a aplicação de um espelho aos lábios, podemos detectar uma ação entorpecida, desigual e titubeante dos pulmões. No entanto, a duração do estado cataléptico pode ser de semanas – mesmo meses, enquanto o exame mais minucioso e os testes médicos mais rigorosos fracassam em estabelecer qualquer distinção material entre o estado do sofredor e o que nós concebemos como sendo a morte absoluta. Com bastante frequência, ele é salvo do enterro prematuro somente pelo conhecimento dos seus amigos de que ele foi previamente sujeito à catalepsia, pela suspeita consequente produzida e, acima de tudo, pela não aparência de decomposição. Os avanços da doença são,

por sorte, graduais. As primeiras manifestações, embora pronunciadas, são inequívocas. Os acessos tornam-se sucessivamente mais distintos e duram, cada um, por um período mais longo que o anterior. Neste ponto, encontra-se a principal segurança da inumação. O infeliz, cujo primeiro ataque seja de um caráter extremo, o que é visto de maneira ocasional, será, quase que inevitavelmente, destinado vivo à tumba.

Meu próprio caso não diferia, em detalhe algum importante, daqueles mencionados nos livros médicos. Às vezes, sem qualquer causa aparente, eu mergulhava, pouco a pouco, em uma condição de hemi-síncope ou meio desfalecimento e, nesta condição – sem dor, sem a capacidade de me mexer, ou, falando estritamente, de pensar, com uma consciência apática e letárgica da vida e da presença daqueles que cercavam a minha cama – eu permanecia, até que a crise da doença me trazia de volta, subitamente, à sensação perfeita. Em outras vezes, fui rápido e impetuosamente atingido. Fiquei doente, insensível, com frio e tonto, e caí prostrado imediatamente. Então, por semanas, tudo era vazio, escuro e silêncio, e nada tornou-se o universo. A aniquilação total não poderia ser mais do que isso. Destes últimos ataques eu acordei, entretanto, com uma gradação lenta em proporção à subitaneidade do ataque. Como o dia amanhece para

o mendigo sem amigos e sem casa, que vaga pelas ruas através da longa e desolada noite de inverno, assim tardia, assim cansada, assim alegre voltou a mim a luz da Alma.

À parte da tendência de cair em um estado cataléptico, entretanto, minha saúde geral parecia ser boa; tampouco eu conseguia perceber que era afetado de alguma maneira pela doença prevalente – a não ser, realmente, que uma idiossincrasia em meu sono comum pudesse ser vista como superinduzida. Ao acordar de uma modorra, eu nunca atingia, imediatamente, a posse completa dos meus sentidos, e sempre permanecia, por muitos minutos, tomado de atordoamento e perplexidade; as faculdades mentais em geral, mas a memória em especial, estando em uma condição de suspensão absoluta.

Em tudo que eu passava, não havia sofrimento físico, mas, de sofrimento moral, uma infinitude. Minha imaginação tornou-se sepulcral, eu falava de "vermes, tumbas e epitáfios". Eu estava perdido em devaneios de morte, e a ideia do enterro prematuro mantinha posse contínua de meu cérebro. O Perigo terrível ao qual estava sujeito assombrava-me dia e noite. Naquele, a tortura da meditação era excessiva – nesta, suprema. Quando a Escuridão impiedosa cobriu a Terra, então, com todo o horror do pensamento, tremi – tremi como as penas sobressaltadas sobre a carruagem fúnebre. Quando a Natureza já não

suportava a vigília, foi com luta que consenti em dormir – pois estremecia ao refletir que, ao acordar, poderia encontrar-me inquilino de uma cova. E quando, finalmente, afundei na modorra, foi apenas para lançar-me de vez a um mundo de fantasmas, sobre o qual, com uma asa vasta, sombria e eclipsante, pairava predominante, a sepulcral Ideia fixa.

Das inúmeras imagens de escuridão que deste modo me oprimiam em sonhos, eu escolho para registro apenas uma visão solitária. Pareceu-me que eu estava imerso em um estado cataléptico de duração e profundidade maiores que as comuns. Subitamente, uma mão gelada foi colocada em minha testa, e uma voz impaciente e tagarela sussurrou a palavra "Levante-se!" no meu ouvido.

Sentei-me ereto. A escuridão era total. Eu não conseguia ver a figura daquele que havia me feito levantar. Eu não conseguia me lembrar nem do período em que eu havia caído no estado cataléptico, nem da localidade na qual eu me encontrava então. Enquanto eu permanecia imóvel, empenhando-me em esforços para recobrar minha consciência, a mão fria agarrou-me impetuosamente pelo punho, sacudindo-o de maneira impertinente, enquanto a voz tagarela dizia mais uma vez:

– Levante-se! Eu não o ordenei que o fizesse?

– E quem – interpelei – és tu?

– Não tenho nome nas regiões em que habito – respondeu a voz com pesar; – Fui mortal, mas sou demônio. Fui impiedoso, mas sou desprezível. Percebes que estremeço... Meus dentes batem quando falo, e não por causa do frio da noite – da noite sem fim. Mas esta hediondez é intolerável. Como podes dormir tranquilamente? Não consigo descansar da súplica destes grandes tormentos. Estas visões são mais do que posso suportar. Põe-te em pé! Vem comigo até a Noite lá fora, e deixa-me desvelar-te as sepulturas. Não é um espetáculo de desgraça? Contempla!

Eu olhei, e a figura oculta, que ainda me segurava pelo punho, havia feito com que as sepulturas de toda humanidade se escancarassem, e de cada uma emanava o tênue brilho fosfórico da decomposição, de maneira que eu conseguia enxergar os recessos mais profundos, e ali ver os corpos amortalhados que dormiam tristes e solenes com os vermes. Mas, pelos céus! Os verdadeiros adormecidos eram muito menos numerosos, por muitos milhões, do que aqueles que não dormiam de modo algum; e havia uma luta débil; e havia, em todos, uma triste inquietação; e das profundezas das sepulturas inumeráveis vinha um farfalhar melancólico dos trajes dos enterrados. E, entre aqueles que pareciam repousar tranquilamente, vi que um vasto número havia mudado, em maior ou menor grau, a posição rígida e incômoda em que haviam sido

sepultados. E a voz disse novamente para mim, enquanto eu olhava pasmo:

– Não é – oh! Não é uma visão deplorável?

Mas antes que eu encontrasse as palavras para responder, a figura havia deixado de agarrar meu punho, as luzes fosfóricas se apagaram e as covas foram fechadas com uma violência repentina, enquanto delas ascendia um tumulto de súplicas desesperadas, dizendo novamente:

– Não é – oh, Deus! Não é uma visão deplorável?

Fantasias como estas, apresentando-se à noite, estendiam sua influência terrível em minhas horas desperto. Meus nervos ficaram completamente debilitados, e passei a ser presa de um terror perpétuo. Eu hesitava em passear, caminhar ou cultivar qualquer exercício que me tirasse de casa. Na realidade, eu não ousava mais confiar a minha pessoa longe da presença imediata daqueles que estavam conscientes da minha predisposição à catalepsia, temendo que, ao ter um dos meus acessos de sempre, eu fosse enterrado antes que minha condição real pudesse ser verificada. Eu duvidava do cuidado, da fidelidade dos meus amigos mais queridos. Eu temia que, em algum estado cataléptico de duração maior que a costumeira, eles pudessem ser induzidos a me considerar irrecuperável. Eu cheguei ao ponto de temer que, na medida em que causava tanto incômodo, eles pudessem ficar contentes em considerar

qualquer ataque alongado como uma desculpa suficiente para se livrar de mim inteiramente. Foi em vão que eles se empenharam em me tranquilizar através das promessas mais solenes. Eu exigia os juramentos mais sagrados, que sob circunstância alguma eles me enterrariam até que a decomposição tivesse avançado de maneira tão material a ponto de tornar um período maior de preservação impossível. E, mesmo então, meus terrores mortais não davam ouvidos à razão – não aceitavam consolo algum. Eu dei início a uma série de precauções elaboradas. Entre outras coisas, remodelei a câmara mortuária da família de tal modo a permitir que fosse prontamente aberta a partir do lado de dentro. A menor pressão sobre uma alavanca longa, que se estendia bem para dentro da tumba, faria com que o portal de ferro se abrisse bruscamente. Foram tomadas providências também para a entrada livre de ar e luz, e recipientes convenientes para comida e água dentro do alcance imediato do caixão reservado para receber-me. Este caixão era almofadado, de modo a proporcionar calor e conforto, e foi acrescentada a ele uma tampa desenhada a partir do mesmo princípio da porta da câmara, com a adição de molas planejadas de maneira que o movimento mais delicado do corpo fosse suficiente para liberá-la. Além de tudo isso, do teto da tumba havia um grande sino suspenso, cuja corda fora projetada para alcançar

um buraco no caixão e, assim, amarrada a uma das mãos do corpo. Mas, ai de mim! Qual o proveito da vigilância contra o Destino do homem? Nem mesmo estes mecanismos de segurança bem maquinados foram suficientes para salvar das agonias mais extremas da inumação viva, um desgraçado para estas agonias predestinado!

Sobreveio um evento notável – como seguidamente havia acontecido antes – em que me vi emergindo da inconsciência total para o primeiro sentido débil e indefinido de existência. Lentamente – com uma progressão de tartaruga – chegou o amanhecer ligeiramente cinzento do dia psíquico. Uma agitação embotada. Um esforço apático de dor vaga. Nenhuma inquietação – nenhuma esperança – nenhum esforço. Então, após um longo intervalo, um tinido nos ouvidos; a seguir, após um lapso ainda mais longo, uma sensação de formigamento ou de alfinetadas nas extremidades; em seguida, um período aparentemente eterno de imobilidade prazerosa, durante o qual os sentimentos do despertar estão lutando para tornar-se pensamento; daí, novamente, um breve período de desfalecimento para uma não-consciência; então, uma súbita recuperação. Por fim, o ligeiro tremor de uma pálpebra e, imediatamente, em razão disso, um choque elétrico de um terror mortal e indefinido, que envia o sangue em torrentes das têmporas para o coração. E, em seguida, o

primeiro esforço positivo para pensar. E, em seguida, o primeiro empenho para se lembrar. E, em seguida, um sucesso parcial e fugidio. E, em seguida, a memória recuperou de tal maneira seu domínio, que, de certa forma, sou consciente do meu estado. Sinto que não estou acordando de um sono comum. Relembro que fui sujeito à catalepsia. E agora, por fim, como se pela investida de um oceano, meu espírito sobressaltado é tomado por aquele Perigo sinistro – por aquela mesma ideia espectral e sempre prevalente.

Por alguns minutos, após esta extravagância ter me possuído, permaneci sem movimento. E por quê? Eu não conseguia reunir a coragem para me mexer. Eu não ousava fazer o esforço que me expiaria de meu destino – e, no entanto, havia algo em meu coração que me sussurrava que isto era inevitável. O desespero – como nenhuma outra espécie de aflição já foi criada um dia – somente o desespero me impeliu, após longa indecisão, a abrir as pálpebras pesadas dos meus olhos. E as abri. Estava escuro – tudo escuro. Eu sabia que o ataque havia passado. Eu sabia que a crise do meu transtorno havia passado há muito tempo. Eu sabia que eu havia recuperado completamente o uso de minhas capacidades visuais – e, no entanto, estava escuro – tudo escuro – a intensa e absoluta ausência de raios solares da Noite que perdura para sempre.

Eu me esforcei para dar um grito, e meus lábios e língua, ressecados, se moveram convulsamente juntos na tentativa, mas nenhuma voz saiu dos pulmões cavernosos que, oprimidos – como se pelo peso de uma espécie de montanha incumbente – arfavam e palpitavam, com o coração, a cada inspiração elaborada e debatida.

O movimento das mandíbulas, neste esforço para gritar alto, me mostrou que elas estavam amarradas, como é normal com os mortos. Eu senti, também, que estava deitado sobre uma substância dura, e as laterais de meu corpo estavam comprimidas proximamente por algo similar, também. Até então, eu não havia tentado mexer membro algum – mas agora joguei, de modo violento para cima, os braços que estavam estendidos ao longo do corpo e com os punhos cruzados. Eles bateram em uma substância de madeira sólida, que se estendia sobre minha pessoa, a uma elevação de não mais que quinze centímetros de meu rosto. Eu não podia mais duvidar que, finalmente, repousava dentro de um caixão.

E agora, em meio a todas as minhas infinitas desgraças, surgiu docemente o querubim da Esperança – pois pensei em minhas precauções. Eu me contorci e fiz esforços espasmódicos para forçar a tampa para fora: ela não se movia. Tateei meus punhos em busca da corda do sino: não havia como achá-la. E agora o Espírito Santo se foi

para sempre e uma Desesperança ainda mais implacável reinou triunfante; pois eu não podia deixar de perceber a ausência dos coxins que eu havia preparado de maneira tão cuidadosa – e então, também chegou, subitamente, às minhas narinas, o forte odor peculiar de terra úmida. A conclusão era irresistível. Eu não estava dentro da câmara mortuária. Eu havia caído em um estado cataléptico enquanto ausente de casa – enquanto entre estranhos – quando, ou como, não conseguia me lembrar – e haviam sido eles que haviam me enterrado como um cachorro – pregado em algum caixão comum – e entranhado profundamente, profundamente, e para sempre, em alguma cova ordinária e sem nome.

Desse modo, na medida em que esta convicção terrível estabeleceu-se forçosamente nas câmaras mais íntimas de minha alma, lutei novamente para gritar alto. E nesta segunda tentativa, fui bem sucedido. Um guincho longo e contínuo, ou berro de agonia, ressoou através dos domínios da Noite subterrânea.

– Ei! Ei, você! – disse uma voz ríspida, em resposta.

– Que diabos está acontecendo? – disse uma segunda.

– Saia daí! – disse uma terceira.

– O que você quer, gritando desse jeito esquisito como um gato? – disse uma quarta; e, imediatamente, fui

pego e sacudido, sem cerimônia, por vários minutos, por um bando de indivíduos de aparência bastante grosseira. Eles não me tiraram de minha modorra – pois eu estava completamente acordado quando gritei – mas recobraram-me à posse completa de minha memória.

Esta aventura ocorreu perto de Richmond, na Virgínia. Acompanhado de um amigo, eu havia avançado, em uma expedição de caça, algumas milhas rio abaixo junto às barrancas do rio James. A noite chegou, e fomos surpreendidos por uma tempestade. A cabine de uma pequena chalupa, que se encontrava ancorada na corrente e carregada com terra preta, nos oferecia o único abrigo disponível. Arranjamo-nos da melhor maneira possível e passamos a noite a bordo. Dormi em um dos dois únicos beliches na embarcação – e os beliches de uma chalupa de sessenta ou vinte toneladas, certamente, não precisam ser descritos. Aquele que ocupei não contava com roupa de cama de espécie alguma. Sua largura máxima era de quarenta e cinco centímetros. A distância da sua parte de baixo para o convés acima era precisamente a mesma. Apertar-me para dentro dele fora algo de extraordinária dificuldade para mim. Não obstante isso, dormi profundamente, e a totalidade de minha visão – pois isto não foi um sonho, nem um pesadelo – surgiu naturalmente das circunstâncias de minha posição – de minha

predisposição costumeira de pensamento – e da dificuldade a qual me referi, de recuperar meus sentidos, e, especialmente, de recobrar minha memória, por um longo tempo após acordar de uma modorra. Os homens que me sacudiram eram a tripulação da chalupa, assim como alguns trabalhadores engajados em descarregá-la. Da própria carga vinha o cheiro de terra. A bandagem em torno de minhas mandíbulas era um lenço de seda com o qual eu havia amarrado minha cabeça, na falta de minha touca de dormir costumeira.

As torturas suportadas, entretanto, foram, sem dúvida alguma, pelo tempo que duraram, iguais àquelas de uma sepultura real. Elas foram terrivelmente – inconcebivelmente hediondas; mas, do Mal, sobreveio o Bem; pois seu próprio excesso produziu em meu espírito uma reação inevitável. Minha alma adquiriu tonicidade – adquiriu moderação. Passei a exercitar-me vigorosamente. Eu respirava o ar livre do Céu. Eu pensava em outros assuntos que a Morte. Descartei meus livros médicos. Queimei Buchan.[17] Não li mais *Night Thoughts*[18] – nenhum relato bombástico sobre cemitérios de igrejas – nada de histórias

---

[17] William Buchan foi um médico escocês (1729 – 1805) que escreveu um livro popularíssimo na época, Domestic Medicine, sobre a prevenção e o tratamento de doenças para o público leigo. (N. do T.)
[18] Longo poema escrito por Edward Young e publicado entre 1742 e 1745 em que o poeta reflete sobre a vida, a morte e a imortalidade. (N. do T.)

de bichos papões – como estas. Em resumo, tornei-me um novo homem, e vivi a vida de um homem. Daquela noite memorável em diante, abandonei para sempre minhas apreensões sepulcrais e, com elas, desapareceu o transtorno cataléptico, do qual, talvez, elas tenham sido menos a consequência do que a causa.

Há momentos quando, mesmo para o olho sóbrio da Razão, o mundo de nossa triste Humanidade pode assumir a aparência de um Inferno – mas a imaginação do homem não é uma Carathis[19], para explorar, com impunidade, cada caverna. Ai de mim! A legião sinistra de terrores sepulcrais não pode ser considerada inteiramente imaginária – mas, assim como os Demônios em cuja companhia Afrasiab[20] fez sua viagem pelo Oxus, eles têm de dormir, ou nos vão devorar – deve-se submetê-los ao sono, ou perecemos.

---

[19] Personagem de uma bruxa má do romance Vathek de William Beckford, publicado em 1786. (N. do T.)
[20] Personagem do épico persa Shahnama (Livro dos Reis) escrito pelo poeta Firdowsi em torno do ano 1.000 d.c. (N. do T.)

O Poço e
O Pêndulo

★ 1850

Impia tortorum longos hic turba furores
Sanguinis innocui, non satiata, aluit.
Sospite nunc patria, fracto nunc funeris antro,
Mors ubi dira fuit vita salusque patent.[21]

[Quadra composta para os portões de um mercado que seria construído sobre o local do Clube Jacobino, em Paris.]

---

[21] Aqui a ímpia turba de carrascos
Insaciada de sangue inocente
Nutriu sua longa fúria.
Estando a Pátria agora salva
E rompido o antro do massacre
Surgem vida e segurança
Onde antes havia a morte cruel. (N. do T.)

EU ESTAVA doente – doente de morte com aquela longa agonia; e quando, por fim, desataram-me e foi-me permitido sentar-me, senti que meus sentidos me abandonavam. A sentença – a sentença terrível de morte – foi o último som articulado que alcançou meus ouvidos. Depois disso, o som das vozes inquisitoriais[22] parecia fundido em um único murmurar onírico e indistinto. Ele transmitia à minha alma a ideia de rotação – talvez porque eu o associasse, na imaginação, ao zunido de uma roda de moinho. Isto apenas por um breve período; pois, em seguida, eu não ouvi mais nada. No entanto, por um momento, eu vi; mas com que exagero terrível! Eu vi os lábios dos juízes de toga preta. Eles pareciam brancos para mim – mais brancos que a folha sobre a qual traço estas palavras – e finos a ponto de serem grotescos; finos como a intensidade da sua expressão de firmeza – de resolução impassível – de desdém implacável pela tortura humana. Eu vi que as sentenças, que para mim eram o Destino, ainda estavam sendo emitidas por aqueles lábios. Eu vi-os contorcerem-se com uma locução mortal. Eu vi-os moldar as sílabas do meu nome; e senti arrepios, pois nenhum som sucedeu-se. Vi, também, por alguns instantes de

---

[22] O termo inquisitorial, derivado da Inquisição, diz respeito às várias instituições dedicadas a suprimir a heresia na Igreja Católica. Os tribunais inquisitoriais funcionaram na Europa e na América por um longo período (1184 a 1965), em diferentes fases, da inquisição medieval à espanhola, passando pela portuguesa e, por fim, a chamada romana. (N. T.).

horror delirante, a ondulação suave e quase imperceptível das cortinas negras que revestiam as paredes do cômodo. E, então, minha visão caiu sobre as sete velas altas sobre a mesa. Em um primeiro momento, elas exibiam o aspecto de caridade, e pareciam anjos brancos e delgados que me salvariam; mas, então, de uma hora para outra, abateu-se sobre meu espírito uma náusea sobremaneira mortal, e senti cada fibra de meu corpo vibrar como se eu tivesse tocado o fio de uma bateria galvânica, enquanto as formas angelicais tornavam-se espectros sem sentido e com cabeças de chama, e vi que dali não viria ajuda. E, então, imiscuiu-se em minha imaginação, como uma rica nota musical, o pensamento de que descanso aprazível deve ser encontrado na cova. O pensamento apareceu de maneira suave e furtiva, e pareceu levar um bom tempo antes que chegasse a sua compreensão absoluta; mas, assim que meu espírito finalmente passou a senti-lo e nutri-lo, as figuras dos juízes desapareceram, como se magicamente, de minha frente; as velas altas perderam-se em um nada; suas chamas apagaram-se completamente; sobreveio o negrume da escuridão; todas as sensações pareciam envoltas em uma queda estonteante como a da alma até Hades[23]. E, então, silêncio e quietude, a noite era o universo.

---

[23] Na mitologia grega, deus dos mortos e do Mundo Inferior. Por extensão, o próprio Mundo Inferior. (N. do T.)

Eu havia desfalecido; mas ainda não vou dizer que toda consciência estava perdida. O que restava dela, não vou tentar definir, ou mesmo descrever; no entanto, nem tudo estava perdido. Na modorra mais profunda – não! Em delírio – não! Em um desmaio – não! Na morte – não! Mesmo na cova, nem tudo está perdido. Além disso, não existe imortalidade para o homem. Ressurgindo do mais profundo dos sonos, rompemos a delicada teia de algum sonho. No entanto, um segundo depois (tão frágil possa ter sido esta teia), não lembramos o que sonhamos. Ao retornar-se do desfalecimento para a vida, há dois estágios; o primeiro é aquele do sentido mental ou espiritual; o segundo, aquele do sentido da existência física. Parece provável que, se ao alcançarmos o segundo estágio, pudéssemos lembrar as impressões do primeiro, descobriríamos que estas impressões são eloquentes em memórias do abismo que se encontra além. E este abismo é o quê? Como, ao menos, distinguiríamos suas sombras daquelas da tumba? Mas, mesmo que as impressões daquilo que chamei de primeiro estágio não possam ser relembradas à vontade, não terminam elas por surgir de modo espontâneo, depois de um longo intervalo, enquanto nos maravilhamos com o lugar de onde vêm? Aquele que nunca desfaleceu não é quem descobre estranhos palácios e rostos incrivelmente familiares em brasas que brilham; não é

quem contempla, flutuando em pleno ar, as visões tristes que a maioria pode não ver; não é quem pondera sobre o perfume de alguma flor insólita – não é quem tem o cérebro desorientado pelo significado de alguma cadência musical que nunca antes havia chamado a sua atenção.

Em meio a tentativas frequentes e ponderadas para lembrar-se; em meio a esforços diligentes para recuperar algum sinal do aparente nada no qual minha alma havia caído, houve momentos em que sonhei ter sucesso; houve períodos breves, muito breves, em que evoquei recordações que a razão lúcida de um período posterior me assegura, que só poderiam dizer respeito àquela condição de aparente inconsciência. Estas sombras de memória contam, indistintamente, sobre figuras altas que me levantaram e carregaram em silêncio para baixo – para baixo – ainda mais para baixo – até que uma vertigem hedionda oprimiu-me com a mera ideia do caráter interminável da descida. Elas também contam de um vago horror em meu coração, por conta do sossego anormal deste coração. Então, sobrévem um sentido de súbita imobilidade que perpassa todas as coisas; como se aqueles que haviam me trazido (um comboio horripilante!) houvessem excedido, em sua descida, os limites do ilimitado, e tivessem feito uma pausa de sua labuta cansativa. Depois disso, recordo-me de planeza e umidade; e, então,

tudo é loucura – a loucura de uma memória que se ocupa em meio a coisas proibidas.

De maneira muito súbita, voltaram à minha alma o movimento e o som – o movimento tumultuoso do coração e, em meus ouvidos, o som de sua batida. Então, uma pausa, na qual tudo é vazio. Em seguida, novamente o som, e movimento, e toque – uma sensação de formigamento impregnando meu corpo. Então, a mera consciência da existência, sem pensamento – uma condição que durou muito. Daí, muito subitamente, pensamento e terror sobressaltado, e um esforço fervoroso para compreender meu verdadeiro estado. Então, um forte desejo de deixar-me cair na insensibilidade. Em seguida, um restabelecimento impetuoso da alma e um esforço bem sucedido em movimentar-me. E, agora, uma memória completa do julgamento, dos juízes, das cortinas negras, da sentença, da náusea, da modorra. Então, todo o esquecimento de tudo que veio em seguida; de tudo que um dia depois e muita aplicação de esforço me possibilitaram recordar, de maneira vaga.

Até aqui, eu não havia aberto meus olhos. Senti que estava deitado de costas, desamarrado. Estendi minha mão e ela caiu, pesadamente, sobre algo úmido e duro. Ali me deixei permanecer por muitos minutos, enquanto lutava para imaginar onde poderia estar e o que poderia

ser. Eu desejava, mas, no entanto, não tinha coragem de empregar minha visão. Eu temia o primeiro olhar para os objetos à minha volta. Não era que eu temesse olhar para coisas terríveis, mas que me sentisse horrorizado de que não haveria nada para ver. Por fim, com um desespero impensado no coração, rapidamente abri os olhos. Então, meus piores pensamentos foram confirmados. O negrume da noite eterna me envolvia. Lutei para respirar. A intensidade da escuridão parecia me oprimir e sufocar. A atmosfera estava intoleravelmente abafada. Eu ainda estava deitado sem agitar-me, e fiz um esforço para exercitar minha razão. Recordei-me dos trâmites legais inquisitoriais e tentei, a partir deste ponto, deduzir minha condição real.

A sentença havia sido aprovada; e pareceu a mim que um intervalo de tempo muito longo havia transcorrido desde então. No entanto, nem por um momento supus que estivesse realmente morto. Tal suposição, a despeito do que nós lemos na ficção, é completamente inconsistente com a existência real – mas onde e em que estado eu estava? Os condenados à morte, eu sabia, normalmente sucumbiam nos Autos-da-Fé[24], e um destes havia sido promovido na mesma noite do meu julgamento. Teria

---

[24] Eventos de punição a heréticos, apóstatas e cristãos novos por não cumprirem os preceitos da Igreja Católica impostos pela Inquisição. (N. do T.)

sido eu reencarcerado em meu calabouço, para esperar o próximo sacrifício, que não voltaria a ocorrer por muitos meses? Isto eu percebi, na hora, que não poderia ser. Vítimas estavam em demanda imediata. Além disso, meu calabouço, assim como todas as celas de condenados em Toledo, tinha um chão de pedra, e a luz não era completamente excluída.

Neste instante, uma ideia pavorosa subitamente propeliu o sangue em torrentes sobre meu coração, e, por um breve período, mais uma vez recaí para a insensibilidade. Ao recuperar-me, de imediato pus-me de pé, tremendo de maneira convulsiva em cada fibra. Estendi meus braços desvairadamente acima e à minha volta em todas as direções. Não senti nada; no entanto, temia dar um passo, com medo de que fosse obstruído pelas paredes de uma tumba. A transpiração irrompeu de cada poro, e acumulou-se em gotas grandes e frias em minha testa. A agonia do suspense tornou-se por fim intolerável, e me movimentei para frente cuidadosamente, com os braços estendidos e meus olhos forçando de suas órbitas na esperança de capturar algum tênue raio de luz. Prossegui por muitos passos; mas, ainda assim, tudo era escuridão e vacuidade. Respirei de modo mais livre. Parecia evidente que o meu não era, ao menos, o mais hediondo dos destinos.

E agora, à medida que eu continuava a avançar com cuidado, assaltaram-me a lembrança mil rumores vagos dos horrores de Toledo. Dos calabouços, histórias estranhas haviam sido contadas – fábulas, eu sempre as considerara – mas, no entanto, estranhas e chocantes demais para serem repetidas, salvo em um sussurro. Eu havia sido deixado para perecer de fome neste mundo subterrâneo de escuridão, ou que destino, talvez ainda mais pavoroso, esperava por mim? Que o resultado seria a morte, e a morte de uma amargura ainda mais que costumeira, eu conhecia bem demais o caráter de meus juízes para duvidar. O modo e a hora eram tudo que me ocupava ou distraía.

Minhas mãos esticadas por fim encontraram alguma obstrução sólida. Era uma parede, aparentemente uma construção de pedra – muito lisa, viscosa e fria. Eu a acompanhei, pisando com toda a desconfiança cuidadosa que determinadas narrativas antigas haviam me inspirado. Este processo, entretanto, não me proporcionava os meios para verificar as dimensões do meu calabouço, na medida em que eu poderia fazer o seu circuito e retornar para o ponto de onde eu partira sem me dar conta do fato, tão perfeitamente uniforme parecia a parede. Por este motivo, busquei a faca que estivera em meu bolso quando fui levado à câmara inquisitorial; mas ela não estava mais ali; minhas roupas haviam sido trocadas por um roupão de

sarja ordinária. Eu havia pensado em forçar a lâmina em alguma fenda minúscula entre as pedras da parede, de maneira a identificar meu ponto de partida. A dificuldade, entretanto, não era mais do que insignificante; ainda que, na desordem de minha imaginação, ela, de início, parecesse insuperável. Rasguei uma parte da bainha do roupão e dispus o fragmento completamente estendido, em ângulos retos em relação à parede. Tateando meu caminho em torno da prisão, eu não poderia deixar de encontrar este trapo ao completar o circuito. Pelo menos, assim pensei, mas não havia contado com a extensão do calabouço, ou com minha própria fraqueza. O chão estava úmido e escorregadio. Cambaleei para frente por algum tempo, até tropeçar e cair. Minha fadiga excessiva induziu-me a permanecer prostrado; e o sono logo tomou conta de mim, enquanto estava ali, caído.

Ao acordar e estender um braço, achei, ao meu lado, um pão e uma jarra com água. Eu estava exausto demais para refletir a respeito desta circunstância, mas comi e bebi com avidez. Logo em seguida, retomei minha volta em torno da prisão e, com muito esforço, cheguei, por fim, ao fragmento de sarja. Até o período em que eu havia caído, eu havia contado cinquenta e dois passos e, ao retomar minha caminhada, eu havia contado quarenta e oito mais – quando cheguei ao trapo. Haviam sido dados no total

cem passos, então; e, admitindo dois passos para o metro, presumi que o calabouço tivesse cinquenta metros em circuito. Eu havia encontrado, entretanto, muitos ângulos na parede, e, assim, não consegui formar qualquer noção do formato da catacumba; pois, catacumba, eu não podia deixar de presumir que fosse.

Tinha pouco propósito e, certamente, nenhuma esperança nessas buscas, mas uma vaga curiosidade instigava-me a continuá-las. Desistindo da parede, decidi cruzar a área do recinto. Em um primeiro momento, prossegui com extremo cuidado, pois o chão, apesar de ser aparentemente de um material sólido, era traiçoeiro com limo. Por fim, entretanto, tomei coragem e não hesitei em pisar firmemente, esforçando-me para atravessá-lo na linha mais direta possível. Eu havia avançado alguns dez ou doze passos desta maneira, quando o resto da bainha rasgada de meu roupão se enredou entre minhas pernas. Pisei sobre ele e caí violentamente sobre meu rosto.

Na confusão que se seguiu à minha queda, não percebi imediatamente uma circunstância um tanto alarmante, que, ainda assim, alguns segundos depois, enquanto ainda jazia prostrado, chamou minha atenção. A questão era a seguinte: meu queixo estava apoiado sobre o chão da prisão, mas meus lábios e a porção superior de minha cabeça, apesar de estarem aparentemente em uma elevação

menor que o queixo, não tocavam em nada. Ao mesmo tempo, minha testa parecia banhada em um vapor frio e úmido, e o cheiro peculiar de fungo em decomposição chegou às minhas narinas. Estendi meu braço para frente e senti arrepios ao descobrir que eu havia caído bem na beira de um poço circular, cuja extensão, é claro, eu não tinha meios de verificar, no momento. Tateando em torno da construção de pedra logo abaixo da margem, consegui arrancar um pequeno fragmento e deixei-o cair no abismo. Por muitos segundos prestei atenção às suas reverberações, enquanto ele voava, chocando-se contra os lados da fenda, em sua descida; por fim, houve um mergulho soturno na água, sucedido por ecos altos. No mesmo instante, chegou aos meus ouvidos um som que se parecia com a abertura rápida – e fechamento tão rápido quanto – de uma porta, acima, enquanto um tênue raio de luz brilhou, subitamente, através da escuridão e, tão subitamente quanto, desapareceu.

Eu vi claramente a perdição que havia sido preparada para mim, e congratulei-me pelo acidente oportuno, através do qual havia escapado. Outro passo antes de minha queda e o mundo não teria mais me visto. E a morte, há pouco evitada, era daquela mesma natureza que eu havia considerado como fictícia e frívola, nas histórias a respeito da Inquisição. Para as vítimas desta tirania, havia

a escolha da morte com suas agonias mais terríveis, ou a morte com seus horrores mais hediondos. Eu havia sido reservado para a segunda opção. O longo sofrimento havia-me dilacerado os nervos, até que eu tremesse ao som da minha própria voz, e me houvesse tornado, em todos os sentidos, um objeto adequado à espécie de tortura que me esperava.

Tremendo cada membro, tateei meu caminho de volta para a parede; decidido a ficar ali e perecer em vez de arriscar-me aos perigos dos poços, dos quais minha imaginação agora fantasiava vários, em diversas posições em torno do calabouço. Em outras condições psíquicas, eu, talvez, tivesse a coragem de terminar com minha aflição de uma vez com um mergulho em um destes abismos; mas agora eu era o suprassumo dos covardes. Nem eu poderia esquecer o que havia lido a respeito desses poços – que a súbita extinção da vida não fazia parte do seu plano mais terrível.

A agitação de espírito me manteve desperto por muitas e longas horas; mas, por fim, novamente desfaleci. Ao acordar-me, achei ao meu lado, como antes, um pão e uma jarra de água. Uma sede abrasadora me consumia, e esvaziei o recipiente de um gole. Ela devia estar drogada, pois eu mal havia terminado de bebê-la e me senti irresistivelmente sonolento. Um sono profundo abateu-se sobre

mim – um sono como o da morte. Quanto tempo ele durou, não sei, é claro; mas quando, mais uma vez, abri meus olhos, os objetos à minha volta estavam visíveis. Através de um repentino brilho sulfuroso, cuja origem não consegui determinar de imediato, fui capaz de ver a extensão e o aspecto da prisão.

No seu tamanho, eu havia me equivocado enormemente. Todo o circuito das suas paredes não excedia vinte e cinco metros. Por alguns minutos, este fato provocou-me um mundo de preocupações em vão, realmente em vão! Pois o que poderia ter menos importância, sob as terríveis circunstâncias que me circundavam, do que as meras dimensões do meu calabouço? Mas minha alma assumiu um interesse ardente em insignificâncias, e me ocupei em esforços para justificar o erro que eu havia cometido em minha medida. A verdade, por fim, manifestou-se para mim. Em minha primeira tentativa de exploração, eu havia contado cinquenta e dois passos, até o momento em que caí; eu devia então estar a um passo ou dois do fragmento de sarja; na realidade, eu havia quase dado a volta no circuito da catacumba. Eu, então, dormi e, ao acordar, devo ter voltado nos meus passos – desse modo, supondo que o circuito era quase o dobro do tamanho que ele realmente tinha. Minha confusão mental não deixou que eu observasse que havia começado minha volta com a parede à esquerda e terminado com a parede à direita.

Eu havia sido enganado, também, em relação ao formato do recinto. Ao tatear meu caminho, eu havia encontrado muitos ângulos e, desse modo, deduzi uma ideia de grande irregularidade; tão potente é o efeito da escuridão total sobre uma pessoa acordando da letargia ou sono! Os ângulos eram apenas aqueles de algumas ligeiras depressões ou nichos, em intervalos irregulares. O formato geral da prisão era quadrado. O que eu supunha ser pedra parecia agora ser ferro ou algum outro metal, em enormes placas, cujas suturas ou juntas causavam a depressão. Toda a superfície deste recinto metálico estava grosseiramente rabiscada com todas as criações hediondas e repulsivas que a superstição lúgubre dos monges havia gerado. As figuras de demônios com olhar ameaçador e corpos de esqueletos, e outras imagens ainda mais temíveis, cobriam e desfiguravam as paredes. Observei que os traços destas monstruosidades eram suficientemente distintos, mas que as cores pareciam gastas e manchadas, como se devido ao efeito da atmosfera úmida. Neste momento, observei o chão, também, que era de pedra. No centro, abria-se o poço circular de cujas mandíbulas eu havia escapado; mas ele era o único no calabouço.

Tudo isso eu vi indistintamente e com grande esforço: pois minha condição pessoal havia se alterado enormemente durante a modorra. Eu estava deitado de costas

agora, estendido ao comprido, sobre uma espécie de armação baixa de madeira. A esta, eu estava amarrado, de maneira firme, por uma longa correia lembrando uma sobrecincha. Ela passava, em muitas voltas, em torno dos meus membros e corpo, deixando livres somente minha cabeça e meu braço esquerdo, apenas na medida em que conseguia, por meio de muito esforço, alimentar-me de um prato de barro que estava no chão ao meu lado. Eu vi, para meu horror, que a jarra havia sido removida. Digo para meu horror, pois eu estava consumido por uma sede intolerável. Estimular esta sede parecia ser o intuito dos meus atormentadores, pois a comida no prato era uma carne exageradamente condimentada.

Olhando para cima, examinei o teto da minha prisão. Ele estava uns dez ou treze metros acima, e construído de maneira bem parecida à das paredes laterais. Em um dos seus painéis, uma figura muito singular prendia totalmente minha atenção. Era a figura pintada do Tempo, como comumente representada, salvo que, em lugar de uma foice grande, ele segurava o que, em um olhar apressado, achei ser a imagem desenhada de um enorme pêndulo, como o que nós vemos em relógios antigos. Havia algo, entretanto, na aparência desta máquina que me fez considerá-la com mais atenção. Enquanto eu olhava diretamente para ela (pois sua posição era imediatamente

acima da minha), imaginei que vi um movimento. Num instante depois, a ilusão se confirmou. Sua varredura era breve – e lenta, é claro. Observei-o por alguns minutos, de certa maneira, com medo, mas mais admirado. Cansado, por fim, de observar seu movimento vagaroso, voltei meus olhos para outros objetos na cela.

Um ruído ligeiro atraiu minha atenção e, olhando para o chão, vi diversos ratos enormes atravessando-o. Eles haviam saído do poço, que ficava praticamente fora de meu campo de visão, à minha direita. Mesmo então, enquanto os observava, eles saíam em tropas, apressadamente, com olhos vorazes, atraídos pelo cheiro da carne. Dela era preciso muito esforço e atenção para afugentá-los.

Pode ter-se passado meia hora, talvez, até uma hora (pois, imobilizado, minha noção de tempo era imperfeita), antes que eu voltasse os olhos para cima outra vez. O que vi, então, confundiu-me e surpreendeu-me. A varredura do pêndulo havia aumentado em extensão em quase um metro. Como uma consequência natural, sua velocidade era, também, muito maior. Mas o que me perturbava, fundamentalmente, era a ideia de que ele havia descido de maneira perceptível. Eu observava, agora – desnecessário dizer com que horror –, que sua extremidade mais baixa era formada por um crescente de aço reluzente, que media em torno de trinta centímetros de ponta a ponta;

as pontas voltavam-se para cima, e a borda de baixo era, evidentemente, tão afiada quanto uma navalha. Também como uma navalha, parecia maciço e pesado, alargando-se a partir da lâmina até formar uma estrutura ampla e sólida na parte de cima. Estava preso a uma haste de bronze pesada, e o conjunto inteiro assoviava, à medida que balançava no ar.

Eu não podia mais duvidar do destino preparado para mim pela engenhosidade dos monges na tortura. Meu conhecimento do poço havia sido descoberto pelos agentes inquisitoriais – o poço, cujos horrores haviam sido destinados para um recusante[25] tão audacioso quanto eu – o poço, típico do inferno e considerado por rumor como o Ultima Thule[26] de todas as punições. O mergulho neste poço eu havia evitado pelo mais simples dos acidentes, eu sabia que a surpresa – ou a cilada para um tormento – formavam uma porção importante de todo o caráter grotesco destas mortes no calabouço. Tendo deixado de cair, não fazia parte do plano demoníaco atirar-me no abismo; e, desse modo (não havendo outra alternativa), uma destruição diferente e mais amena me esperava. Mais suave!

---

[25] Ingleses e galeses que, entre os séculos XVI e XIX, recusavam-se a frequentar os cultos anglicanos, preferindo permanecer católicos. (N. do T.)
[26] De acordo com as fontes clássicas, uma ilha localizada na Europa setentrional. Na Idade Média, passou a denotar qualquer terra distante, fora do mundo então conhecido. (N. do T.)

Eu dei um meio sorriso, em minha agonia, ao pensar em tal aplicação de um termo como este.

De que vale contar as horas longas, longas de horror mais que mortal, durante as quais contei as rápidas vibrações do aço! Centímetro por centímetro – linha por linha – em uma descida apenas discernível a intervalos que pareciam eras – para baixo, sempre para baixo, ele vinha! Dias passaram – pode ser que muitos dias tenham passado – antes que ele estivesse tão próximo sobre mim a ponto de me bafejar com seu sopro pungente. O odor do aço afiado forçou-se em minhas narinas. Rezei – cansei o firmamento com minha reza por sua descida mais veloz. Vi-me tomado de loucura frenética, e lutei para forçar-me para cima, contra o oscilar da temível cimitarra. Senti-me, então, subitamente calmo, e quedei-me sorrindo para a morte cintilante, como uma criança diante de algum ornamento raro.

Houve outro intervalo de absoluta insensibilidade; ele foi breve, pois, ao retornar novamente à vida, não tinha havido uma descida perceptível no pêndulo. Mas ele pode ter sido longo, pois eu sabia que havia demônios que observavam meu desfalecimento, e que poderiam fazer cessar a oscilação a seu bel prazer. Ao recuperar-me, eu me senti muito – oh! – inexpressivelmente doente e fraco, também, como se devido a uma longa inanição. Mesmo

em meio às agonias daquele período, a natureza humana necessitava de alimento. Com um esforço doloroso estendi meu braço esquerdo o máximo que meus laços permitiam, e tomei posse do pequeno resto que havia sido deixado pelos ratos para mim. Quando coloquei uma porção dele em meus lábios, invadiu-me a mente um pensamento incompleto de alegria – de esperança. No entanto, o que eu tinha que ver com esperança? Ele era, como disse, um pensamento mal formado – o homem tem muitos assim, que nunca chegam a ser completados. Senti que ele era de alegria – de esperança; mas senti, também, que ele havia perecido em sua formação. Em vão, lutei para aperfeiçoá-lo – para recuperá-lo. O longo sofrimento havia praticamente aniquilado todos meus poderes ordinários de inteligência. Eu era um imbecil – um idiota.

A oscilação do pêndulo se dava nos ângulos certos em relação ao meu comprimento. Vi que o crescente fora projetado para cruzar a região do coração. Ele desgastaria a sarja do meu roupão – retornaria e repetiria suas operações – de novo – e de novo. A despeito do oscilar tremendamente amplo (uns dez metros ou mais) e do vigor sibilante da sua descida, suficiente para fender estas mesmas paredes de ferro, ainda assim, o desgaste do meu roupão seria tudo que ele conseguiria por muitos minutos. E com este pensamento fiz uma pausa. Não tinha coragem

de seguir mais adiante do que esta reflexão. Demorei-me nela com uma atenção pertinaz – como se, demorando-me desta maneira, eu pudesse interromper neste ponto a descida do aço. Forcei-me a ponderar sobre o ruído do crescente quando ele passasse sobre o vestuário – sobre a peculiar sensação arrebatadora que a fricção do tecido produz nos nervos. Ponderei sobre toda esta frivolidade até sentir que meus dentes estavam crispados.

Para baixo, para baixo e constante, ele deslizava. Tive um prazer delirante em comparar sua velocidade de descida com sua velocidade lateral. Para a direita – para a esquerda – longo e largo – como o guincho de um espírito danado; chegando ao meu coração com o passo furtivo do tigre! Eu alternava risos e gritos à medida que esta ou aquela ideia predominavam.

Para baixo – certamente, implacavelmente para baixo! O pêndulo oscilava a sete centímetros do meu peito! Eu lutava de maneira violenta, furiosa, para livrar meu braço esquerdo. Ele estava livre somente do cotovelo até a mão. Eu conseguia levá-la da travessa ao meu lado até minha boca, com grande esforço, mas não mais. Se eu conseguisse romper as ataduras acima do cotovelo, eu teria agarrado e tentado parar o pêndulo. Eu poderia, da mesma forma, ter tentado segurar uma avalanche!

Para baixo – ainda incessantemente – ainda inevitavelmente para baixo! Eu arfava e lutava a cada oscilação.

Eu me encolhia convulsivamente a cada passagem do seu movimento pendular. Meus olhos seguiam seus giros para fora ou para cima, com a ansiedade do desespero mais sem sentido; eles se fechavam de maneira espasmódica na descida, apesar de que a morte teria sido um alívio, oh! Não havia palavras! Ainda assim, eu tremia em cada nervo, ao pensar em quão pequena uma queda da máquina precipitaria aquela machadinha incisiva e cintilante sobre meu peito. Era a esperança que impelia o nervo a tremer – o corpo a se encolher. Era a esperança – a esperança que triunfa no ecúleo – que sussurra para os condenados à morte, mesmo nos calabouços da Inquisição.

Eu vi que em torno de dez ou doze oscilações colocariam o aço em contato, de verdade, com meu roupão, e, com esta observação, abateu-se subitamente sobre meu espírito, toda a calma perspicaz e controlada da desesperança. Pela primeira vez, durante muitas horas – ou, talvez, dias – eu pensei. Ocorreu-me, neste instante, que a atadura ou sobrecincha, que me envolvia, era inigualável. Ela não estava amarrada por uma corda separada. O primeiro toque do crescente de lado a lado em qualquer porção da faixa a desprenderia de tal maneira que eu poderia desenrolar-me dela com minha mão esquerda. Mas que terrível, neste caso, a proximidade do aço! Quão mortal o resultado da menor luta! Além disso, era provável que

os lacaios do torturador não houvessem previsto e se prevenido para esta possibilidade. Haveria alguma chance de que a atadura atravessasse meu peito no caminho do pêndulo? Temendo desfalecer e, pelo visto, na última esperança frustrado, elevei minha cabeça o suficiente para obter uma visão clara do meu peito. A sobrecincha envolvia apertados meus membros e corpo em todas as direções – exceto no caminho do crescente destruidor.

Mal eu havia deixado cair minha cabeça de volta à sua posição original, quando ocorreu-me o que não consigo descrever melhor do que uma meia ideia mal formada de libertação, à qual eu havia feito uma alusão previamente, e da qual uma porção apenas flutuava, de maneira indeterminada, através de meu cérebro, quando levei alimento aos meus lábios abrasados. Todo o pensamento estava presente agora – indistinto, dificilmente são ou definido – mas, ainda assim, inteiro. Prossegui de imediato com a energia nervosa do desespero, para tentar sua execução.

Por muitas horas, a cercania imediata da armação baixa sobre a qual eu estava deitado, ficara, literalmente, infestada de ratos. Eles eram selvagens, audaciosos, vorazes; seus olhos vermelhos dardejavam sobre mim, como se esperassem por minha imobilidade para tornar-me sua presa. "A qual comida – pensei – eles estavam acostumados no poço?".

    Eles haviam devorado, apesar de todos os meus esforços para impedi-los, tudo, com exceção de um pequeno resto do conteúdo do prato. Eu havia sucumbido a um vaivém habitual, ou aceno de mão, sobre a travessa, e, por fim, a uniformidade inconsciente do movimento o havia privado de efeito. Na sua voracidade, as pestes frequentemente cravavam suas presas afiadas em meus dedos. Com as partículas do alimento oleoso e condimentado que restava agora esfreguei cuidadosamente a atadura em todo lugar que eu conseguia alcançá-la; então, erguendo a mão do chão, jazi em uma quietude de morte.

    Em um primeiro momento, os animais ficaram sobressaltados e aterrorizados com a mudança – com a cessação do movimento. Eles recuaram de maneira assustada, muitos buscaram o poço. Mas isto foi por apenas um momento. Não fora em vão que eu contara com sua voracidade.

    Observando que eu permanecia sem movimento, um ou dois dos mais audazes saltaram sobre a armação e farejaram a sobrecincha. Isto pareceu o sinal para a corrida geral. Saídos do poço, avançaram em tropas renovadas. Agarraram-se à madeira – amontoaram-se sobre ela e saltaram às centenas sobre minha pessoa. O movimento medido do pêndulo não os perturbava de maneira alguma. Evitando seus golpes eles se dedicavam à atadura untada.

Os ratos pressionavam – se apinhavam sobre mim em montes cada vez maiores. Eles contorciam-se sobre minha garganta, seus lábios frios buscavam os meus; eu estava quase sufocado com sua pressão aglomerada; repulsa para a qual o mundo não tem nome enchia meu peito, e meu coração esfriava, com uma viscosidade pesada. No entanto, em um minuto achei que a luta estaria acabada. Claramente percebi o desprendimento da atadura. Eu sabia que em mais de um lugar ela já devia estar cortada. Com uma resolução mais do que humana, permaneci parado.

Eu não havia me enganado em meus cálculos – nem havia sofrido em vão. Finalmente, senti que estava livre. A sobrecincha estava pendurada em tiras no meu corpo. Mas o golpe do pêndulo já pressionava o meu peito. Ele havia dividido a sarja do meu roupão. Ele havia cortado o linho abaixo. Duas vezes de novo ele passou, e um sentimento de dor aguda perpassou cada nervo meu. Mas o momento da fuga havia chegado. Com a mão mandei para longe tumultuosamente meus libertadores. Com um movimento firme – cuidadoso e lento, encolhendo-me de lado – deslizei do abraço da atadura e para fora do alcance da cimitarra. Por ora, pelo menos, estava livre.

Livre! E nas garras da Inquisição! Eu mal havia saído de minha cama de madeira de horror para o chão de pedra da prisão, quando o movimento da máquina infernal

cessou e observei-a sendo içada por alguma força invisível, através do teto. Esta foi uma lição que aceitei, desesperadamente, no coração. Cada movimento meu estava, sem dúvida alguma, sendo observado. Livre! Eu havia simplesmente escapado da morte em uma forma de agonia para ser entregue a algo pior que a morte em outra. Com este pensamento, percorri nervosamente com meus olhos em torno das barreiras de ferro que me enclausuravam. Algo extraordinário – alguma mudança que, em um primeiro momento, eu não conseguira apreciar de maneira distinta – obviamente havia ocorrido em meu recinto. Por muitos minutos de uma abstração sonhadora e trêmula, ocupei-me em conjeturas vãs e desconexas. Durante este período, tornei-me consciente, pela primeira vez, da origem da luz sulfurosa que iluminava a cela. Ela vinha de uma fissura de aproximadamente um centímetro de largura, estendendo-se, inteiramente, em torno da prisão, na base das paredes, que desse modo pareciam – e eram – completamente separadas do chão. Empenhei-me em olhar pela abertura, mas é claro que em vão.

Quando me levantei da tentativa, o mistério da alteração na câmara dissolveu-se de imediato em minha compreensão. Eu havia observado que, apesar de os contornos das figuras nas paredes serem suficientemente distintos, as cores pareciam borradas e indefinidas. Estas cores haviam

assumido agora, e estavam momentaneamente assumindo, um fulgor surpreendente e realmente intenso, que dava às pinturas diabólicas e espectrais um aspecto que poderia ter impressionado nervos ainda mais firmes que os meus. Olhos demoníacos, de uma vivacidade selvagem e medonha, olhavam de maneira penetrante para mim, de mil direções, de onde nenhum havia sido visível antes, e fulguravam com o brilho vívido de um fogo que eu não conseguia forçar minha imaginação a considerar irreal.

Irreal! Mesmo enquanto eu respirava, chegou às minhas narinas o sopro do vapor do ferro aquecido! Um odor sufocante impregnava a prisão! Um brilho mais profundo estabelecia-se a cada momento nos olhos que dardejavam minhas agonias! Um matiz mais rico de carmesim difundiu-se sobre os horrores pintados de sangue. Eu arfava! Eu lutava para respirar! Não podia haver dúvida quanto ao propósito dos meus atormentadores – oh! Que implacáveis! Oh! Que homens demoníacos! Encolhi-me do metal brilhante para o centro da cela. Em meio ao pensamento sobre a destruição escaldante iminente, a ideia do frescor do poço chegou à minha alma como um bálsamo. Eu corri para sua borda mortal. Forcei minha visão abaixo. O brilho do teto inflamado iluminava seus recessos mais profundos. No entanto, por um momento tumultuoso, meu espírito recusou-se a compreender o significado do

que eu via. Por fim, ele lutou – abriu seu caminho à força para minha alma – marcou-se a ferro em minha razão estremecida. Oh! Por uma voz para falar! Oh! Horror! Oh! Qualquer horror, menos este! Com um grito estridente, corri da margem e enterrei meu rosto em minhas mãos – chorando amargamente.

O calor aumentou rapidamente e, mais uma vez, olhei para cima, tremendo como se em um surto febril. Havia ocorrido uma segunda mudança na cela – e agora a mudança era, obviamente, na forma. Como antes, foi em vão que eu primeiro me empenhei em avaliar ou compreender o que estava ocorrendo. Mas não permaneci em dúvida por muito tempo. A vingança Inquisitorial havia sido apressada por minha fuga dupla, e não haveria mais brincadeiras com a Rainha dos Terrores. A cela havia sido quadrada. Vi que dois dos seus ângulos de ferro eram agora agudos – dois, consequentemente, obtusos. A diferença terrível rapidamente aumentou, com um som baixo, de queixa ou gemido. Em um instante, o recinto havia mudado sua forma para aquela de um losango. Mas a alteração não parou aqui – eu nem desejava ou esperava que parasse. Eu poderia ter abraçado as paredes vermelhas ao meu peito, como um vestuário de paz eterna. "Morte – eu disse – qualquer morte, menos o poço!". Idiota! Como eu poderia não perceber que impelir-me para o poço era

o propósito do ferro abrasador? Eu seria capaz de resistir ao seu fulgor? Ou, mesmo que conseguisse, eu conseguiria resistir à sua pressão? E neste momento, o losango tornou-se cada vez mais achatado, com uma rapidez que não me deixou tempo para contemplação. O seu centro e, é claro, sua largura maior, vinham praticamente até o precipício que se escancarava. Eu me encolhi para trás – mas as paredes que se fechavam me pressionavam indefesamente para frente. Por fim, não havia mais um centímetro de apoio sobre o chão firme da prisão para meu corpo contorcido e crestado. Não lutei mais, mas a agonia de minha alma deu vazão ao seu desespero em um último grito, alto e longo. Senti que cambaleava para a borda e desviei os olhos...

Houve um ruído discordante de vozes humanas! E, então, um clangor alto como o de muitos clarins! Houve um som duro e áspero, como o de mil trovões! As paredes abrasadoras deslizavam de volta! Um braço estendido segurava o meu, enquanto eu caía, desfalecendo, no abismo. Era o braço do General Lasalle. O exército francês havia entrado em Toledo. A Inquisição estava nas mãos dos seus inimigos.

long agony; and ... permitted to ... The sentence ... The sentence of death ... which reached ... inquisitorial voices ... one dreamy indeterminate hum. It con ... the idea of revolution,—perhaps from ... many with the burr of a mill-wheel. This ... period; for presently I heard no more. Yet ... I saw; but with how terrible an exaggeration! I saw the lips of the black-robed judges. They appeared to me white—whiter than the sheet upon which I trace these words,—and thin ... grotesqueness; thin with the intensity of their ex ... firmness—of immovable resolution—of stern con ... human torture ... few ... destinies ... of white ... were ... from those lips I saw them ... the wild ... deadly location, I saw them fashion the syllables of my name; and I shuddered because no sound suc-ceeded ... too, for a few moments of delirious horror, the soft and nearly imperceptible waving of the sable drapery

Poe
Vida e Obra
Caio Riter

Em Boston, no dia 19 de janeiro de 1809, nasceu Edgar Allan Poe. Sua infância, todavia, não foi nada feliz. Seu pai, o ator David Poe Jr., abandonou a esposa e o filho, quando este tinha apenas dois anos. Elisabeth, a mãe de Poe, estava grávida e, em 1811, ao dar à luz Rosalie, morreu, deixando o pequeno Edgar órfão.

Diante da tragédia familiar, Poe foi viver com o casal Allan, Francis e John, que, embora não o tenham adotado, deram seu sobrenome ao menino. Edgar, após estudar em Londres, retornou a Richmond, onde viviam seus pais adotivos e, em 1826, passou a frequentar a universidade. Todavia, sua permanência foi de pouca duração. Devido a seu caráter aventureiro e pouco disciplinado, o jovem foi expulso da faculdade no final do primeiro ano.

Sem estudar e envolvido com jogos e boemia, o jovem Poe, após vários desentendimentos com John Allan, acabou por se alistar nas forças armadas, em 1827. Foi nesse mesmo ano que, pela primeira vez, Edgar publicou um livro: *Tamerlane and other poems*. Porém, a vida militar também foi curta, pois, após dois anos, Poe acabou sendo dispensado, o que fez com que retornasse à casa dos pais adotivos. Ainda em 1829, Francis Allan faleceu. A morte da mãe (mais uma perda na vida de Poe) fez com que ele se reaproximasse de John Allan, que o auxiliou no ingresso na Academia Militar de West Point. No mesmo ano da morte de Francis, Poe publicou seu segundo livro, *Al Aaraf*.

O caráter insubordinado do jovem Edgar, no entanto, fez com que, em 1831, ele fosse expulso da Academia, gerando muita mágoa em seu pai adotivo, que não mais o aceitou. Em 1834, ao morrer, John ainda não havia retomado o contato com o filho.

Sem mais nenhum vínculo com Richmond, Poe mudou-se para Baltimore e foi morar na casa de Maria Clemm e de sua filha Virgínia, por quem se apaixonou e casou-se em segredo, visto que a jovem tinha apenas 13 anos na ocasião. Nessa época, Poe buscou sustentar-se apenas escrevendo e, em 1835, tornou-se editor do jornal Sothern Literary, onde atuou até 1837, ano em que se

mudou para Nova Iorque e, após, para a Filadélfia. Em 1838, publicou seu único romance, *A narrativa de Arthur Gordon Pym*, texto em que já se percebe a presença de temas que serão fundamentais na obra do autor: terror, fantástico, angústia, morte.

Em 1839, além de publicar artigos, contos e críticas na Burton´s Magazine, da qual era editor, Poe publicou, em dois volumes, *Tales of the grotesque and arabesque*, traduzido para o português como *Histórias extraordinárias*. Apesar de não vender muito na ocasião de seu lançamento, é considerado um marco da literatura de terror norte-americana.

Todavia, se Poe estava se realizando como escritor, sua vida pessoal receberia um baque: a notícia de que sua esposa, Virgínia Clemm, havia contraído tuberculose. Fato que acabou por desestruturar Poe, fazendo-o abandonar o trabalho de editor e consumir bebida em excesso. Mais uma vez, a tragédia de uma perda acenava para o escritor. A presença da morte de alguém querido, novamente, o torturava.

Em 1845, publicou no jornal Evening Mirror, aquele que se tornaria seu poema mais popular: *The Raven*. Poema narrativo, traduzido por Machado de Assis, O corvo apresenta a dor da perda. Perda, aliás, que, no ano seguinte, Poe experimentaria com a morte de Virgínia.

Após a morte da esposa, Poe se aproxima da poeta Sarah Helen Whitman. Porém, devido ao alto consumo de álcool, à vida boêmia e à proibição da mãe de Sarah, o envolvimento afetivo dos dois não vigora. Tais decepções e perdas farão com que o jovem escritor tente o suicídio. Devido ao insucesso de sua ação, Poe retorna à Richmond, onde reata com Sarah Emira Royster, uma antiga paixão infantil.

Em 1849, aos 40 anos, Poe foi encontrado vagando pelas ruas de Baltimore, usando roupas que não eram suas e distante de sua cidade. Levado ao Washington College Hospital, Poe faleceu alguns dias depois, sem recobrar a consciência. Sua morte, então, até hoje segue mergulhada em mistério. O que fazia o escritor em Baltimore? O que o teria levado até lá? Por que estava ele num estado deplorável de inconsciência e vestindo roupas não suas?

Segundo algumas testemunhas, o que jamais foi certificado, ficando mais no terreno do lendário que do factual, Poe teria dito, antes de morrer, as seguintes palavras: It's all over now; write: Eddy is no more, ou seja, Está tudo acabado; escrevam: Eddy já não existe.

Copyright © Edições BesouroBox, 2016.

Títulos originais em inglês: *The tell-tale heart* , *The black cat, Berenice, The premature burial* e *The pit and the pendulum.*

Coordenação Editorial: Elaine Maritza da Silveira
Tradução: Jorge Ritter
Apresentação e cronologia: Caio Riter
Capa e projeto gráfico: Marco Cena
Revisão: Glênio Guimarães
Editoração eletrônica: Bruna Dali e Maitê Cena
Assessoramento de edição: André Luis Alt

P743e   Poe, Edgar Allan.
        O Enterro Prematuro e Outros Contos do Mestre do
    Terror / Edgar Allan Poe; Tradução Jorge Ritter. 2.ed. – Porto
    Alegre: BesouroBox, 2016.
        144 p.

        ISBN 978-85-99275-53-5

        1.Literatura americana : conto.   I. Ritter, Jorge. I. Título.

                                            CDU 820(73)

Cip – Catalogação na Publicação
Vanessa I. de Souza CRB10/1468

1ª edição: setembro de 2013.

Todos os direitos desta edição reservados à
Edições BesouroBox Ltda.
Rua Brito Peixoto, 224 - CEP: 91030-400
Passo D'Areia - Porto Alegre - RS
Fone: (51) 3337.5620
www.besourobox.com.br

Impresso no Brasil
Janeiro de 2016.